WEIHNACHTS GESCHICHTEN AM KAMIN 12

★

Gesammelt von
Ursula Richter

rororo
ROWOHLT

Im Rowohlt Taschenbuch Verlag liegen dreizehn Bände der «Weihnachtsgeschichten am Kamin» vor: Bd. 1 rororo Nr. 15985, Bd. 2 rororo Nr. 12167, Bd. 3 rororo Nr. 12393, Bd. 4 rororo Nr. 12717, Bd. 5 rororo Nr. 12861, Bd. 6 rororo Nr. 13021, Bd. 7 rororo Nr. 13262, Bd. 8 rororo Nr. 13427, Bd. 9 rororo Nr. 13541, Bd. 10 rororo Nr. 13697, Bd. 11 rororo Nr. 13976 und Bd. 13 rororo Nr. 22417 sowie Die schönsten Weihnachtsgeschichten am Kamin rororo 22436 und Gespenstische Weihnachtsgeschichten am Kamin rororo 22437

41.–49. Tausend November 1998

Originalausgabe
Veröffentlicht im Rowohlt Taschenbuch Verlag GmbH,
Reinbek bei Hamburg, November 1997

Umschlaggestaltung Werner Rebhuhn
(Foto: Mauritius – Hackenberg;
Hessen, Michelstadt, Nächtlicher Weihnachtsmarkt)
Satz Bembo
Gesamtherstellung Clausen & Bosse, Leck
Printed in Germany
ISBN 3 499 22266 3

Einstimmung

Wenn ich das Titelbild anschaue und danach die Augen schließe, habe ich wieder den Duft frisch gerösteter Mandeln in der Nase und den Geschmack von Marzipan auf der Zunge. Ich höre weihnachtliche Klänge und bin in meiner Erinnerung wieder auf dem «Christkindlmarkt» in Nürnberg. Am 20. Dezember 1950 war's, als ich mit dem dunkel eingefärbten Soldatenmantel meines in Rußland vermißten Vaters und den von meinem Bruder geerbten, leider undichten Schuhen im Schneematsch zwischen den Buden entlangstapfte, ein Werkstudent, der sein Theologiestudium in Erlangen mit Nachhilfeunterricht für Nürnberger Schülerinnen und Schüler verdiente.

Die letzte Nachhilfestunde des Jahres lag hinter mir, und nun wartete ich an diesem Nachmittag, daß die Zeit verging. Ich fand, daß ein Weihnachtsmarkt ein schöner Ort wäre, um auf etwas Bevorstehendes zu warten – falls die Füße nicht zu naß und kalt würden. In einer Stunde wollte ich eine Studentin treffen, die ich kürzlich im Universitätschor kennengelernt hatte. Wir hatten uns verabredet, gemeinsam ein paar Weihnachtseinkäufe für die jeweiligen Familienangehörigen zu Hause zu machen. Zwei Jahre nach der Währungsreform gab es schon wieder alles, jedenfalls für die, die Geld hatten. Mich überkam beim Anblick der vielen Dinge wieder ein Staunen, wie ich es vor dem Kriege als Kind erlebt hatte: bei den Spielsachen, die auch jetzt Kinderaugen zum Leuchten brachten, bei den gefütterten Handschuhen, in die meine klammen Finger wenigstens zur Probe einmal hineinschlüpften, beim Weihnachtsgebäck, das einem lieblich entgegenduftete. Wie hatten wir uns nach alldem gesehnt, wie lange hatten wir es entbehren müssen!

«Probieren Sie ruhig unseren Christstollen», wurde ich freundlich aufgefordert. Ein kleines Stück lag bereit, mit Rosinen und Korinthen und Sukkade gespickt. Köstlich! «Wußten Sie schon, daß die Form des Stollens an das in Windeln gewickelte Christkind erinnern soll?» Nein, wußte ich nicht, aber mir wurde schlagartig klar, daß der ganze Christkindlmarkt mit seinen Köstlichkeiten und Kostbarkeiten symbolisch für das Kostbare steht, das zum Weihnachtsfest gefeiert wird: die Geburt des göttlichen Kindes!

Die Nürnberger haben den Wintermarkt nicht nach der Jahreszeit, auch nicht nach dem Fest, sondern nach dem Kind genannt, von dem der Engel einst sagte: «Euch ist heute der Heiland geboren, welcher ist Christus, der Herr, in der Stadt Davids.» Hehre Worte sind das, die feierlich verkünden, daß der Retter der Menschheit, der erwartete Messias, in der Stadt des früheren Königs David das Licht der Welt erblickt hat. Das hebräische Wort «Messias» heißt auf lateinisch «Christus» und bedeutet auf deutsch «Der Gesalbte». Etwa eintausend Jahre vor Christi Geburt war der junge David von einem Propheten im Auftrage Gottes zum König Israels gesalbt worden. Jetzt war sein von Gott gesalbter Nachfolger da. So die Botschaft des Engels, aus der die Nürnberger offenbar zuerst und zuletzt die persönliche Zuwendung Gottes herausgehört haben: «Für euch ist der Heiland geboren!» Daraus entsprang ihr Bedürfnis, sich ebenso persönlich und liebevoll dem Christkind zuzuwenden. Statt hehrer Worte zur feierlichen Bezeichnung des Gottessohnes gebrauchten sie die fränkische Verkleinerungsform für das Kind und schufen den Kosenamen «Christkindl». Mitten in ihrer Stadt sollte es seinen Markt haben, genau an der Stelle, wo sich im Mittelalter jährlich einmal der Kaiser mit den Reichsinsignien dem Volk zeigte. «Alle Jahre wieder» sollten die Marktbesucher mit allen Sinnen spüren, wie durch die Geburt des «Christkindls» in die Dunkelheit das Licht kommt, in die Kälte die Wärme, in die Eintönigkeit die Vielfalt, die man sehen und hören, fühlen und riechen und schmecken kann!

Ich kaufte ein kleines Marzipanbrot. Der Ausdruck ist eigentlich «doppelt gemoppelt». Marci-pan heißt «Markus' Brot». Ich vermute, das gibt es in der alten Handelsstadt Nürnberg schon so lange wie den Christkindlmarkt. Importiert wurde es aus einer anderen ehrwürdigen Handelsstadt, die das Tiersymbol des Markus, den Löwen, im Wappen führt und einen großen Dom mit einem weiten Platz davor ihr eigen nennt, die beide nach dem Apostel benannt sind. Richtig, es ist Venedig mit dem Markusdom und dem Markusplatz, wo all die köstlichen Gewürze angelandet wurden, die die eintönige Kost des Winters in Mitteleuropa schmackhafter machen konnten. Unter anderem gehörte dazu auch der Myrrhensaft, das Harz eines in Äthiopien und Arabien beheimateten Gewächses. In der Bibel wird es zweimal erwähnt: als eines der drei königlichen Geschenke an das Christkind und als Mittel gegen den Schmerz, das Jesus am Kreuz zu trinken gegeben wurde. Möglich, daß es zum erstenmal im Zusammenhang mit der Überführung der Gebeine des Markus nach Venedig kam. Es war jedenfalls verantwortlich für den bittersüßen Geschmack des Marzipans, bis es durch das leichter zu erwerbende Bittermandelöl abgelöst wurde. Das nach Markus benannte Brot als «Weihnachtsarzenei» gegen Kummer und Schmerz zergeht einem auf der Zunge und läßt den Gaumen auf himmlisches Manna schließen. Ist es nicht so?

Teuer waren alle Gewürze im Mittelalter, nur die Wohlhabenden konnten sie sich leisten. Aber in der Adventszeit gab es wenigstens einige Kostproben davon umsonst. Dafür sorgte der Bischof, der vorzeiten «Speculatius» genannte «Aufseher», mit dem gleichnamigen Gebäck. Auf den einzelnen Plätzchen waren in Erinnerung an den kinderlieben und freigebigen Bischof Nikolaus von Myra verschiedene Szenen seines wundersamen Wirkens dargestellt. An Kleine wie Große wurden diese Zeichen seiner Liebe verteilt und in ihren vielfältigen Formen durch besondere Schmackhaftigkeit zur Nachahmung empfohlen. Menschen zu helfen und sich besonders den Kindern liebevoll zuzuwenden bleibt ein Gebot der Vorbereitung auf das Christfest.

Von der St. Lorenzkirche klang Glockengeläut herüber, während Schneeflocken dazu tanzten und sich wie Puderzucker auf die Dächer legten. «Süßer die Glocken nie klingen als zu der Weihnachtszeit ...» spielte irgendwo eine Drehorgel, und ich dachte, das stimmt und muß wohl auch etwas mit dem Schnee zu tun haben, der alle Geräusche dämpft und anheimelnd wirken läßt. Vielleicht feiern wir Weihnachten deshalb inniger und weniger laut als andere Völker, vielleicht sehnen wir uns deshalb jedes Jahr wieder nach «weißen Weihnachten», weil der Schnee die Heilsbotschaft der Christenheit in vielfacher Weise sinnfällig vor Augen führt. So rein und so unberührt wie Neuschnee ist das Christkind in unsere Welt eingegangen. Weiß ist in der Kirche die liturgische Farbe aller Christusfeste. Christus ist der Reine und der Vollkommene, der ohne Sünde war, aber um unserer Sünde willen starb. Wie eine Schneedecke sich über alles legt, so will Christus unsere Sünde zudecken. Was vormals hart und spitz und eckig war, bekommt durch ihn neue, sanfte Konturen.

Allerdings hat der Schnee zusammen mit der Kälte auch immer als Symbol für die Härte des Lebens gegolten, in das sich Gottes Sohn freiwillig hineinbegab, als er Mensch wurde. In einem geistlichen Volkslied kommt das anrührend zum Ausdruck:

«Lieb Nachtigall wach' auf.
Wach auf, du schönes Vögelein
auf jenem grünen Zweigelein,
wach hurtig ohn' Verschnauf.
Dem Kindelein,
auserkoren,

heut' geboren,
halb erfroren
sing, sing, sing
dem zarten Jesulein.»

In einem anderen volkstümlichen Weihnachtslied bittet Maria:

«Ach, Joseph, lieber Joseph mein,
ach, hilf mir doch wiegen mein Kindelein.»

Und Joseph antwortet:

«Wie soll ich dir denn dein Kindlein wiegen;
ich kann ja kaum selber die Finger biegen.»

Mir ging es mit meinen Fingern ähnlich, als ich mich vom Christkindlmarkt zum Dürerhaus aufmachte. Dort traf ich – wie verabredet – Karin. Sie hatte etwas wahrhaft Erwärmendes für mich, nämlich einen Muff aus Fuchsfell, in den ich meine frierenden Hände tief hineintauchte. «Laß sie ruhig da, du Armer!» sagte sie und hob die Kordel, an der der Muff hing, über ihren Kopf. «Ich brauche ihn für eine Weile nicht.» Wir hatten uns kaum berührt, aber schon der Anblick ihrer langen blonden Haare und ihr Blick aus klaren blauen Augen machten, daß mir ganz warm ums Herz wurde. Und dann erst ihre Stimme! Während wir in die Burgstraße einbogen und wieder in die Richtung des Hauptmarktes gingen, sprudelte es aus ihr gleichsam wie ein Geysir hervor: «Das Dürerhaus ist phantastisch und Albrecht Dürer für mich nicht nur einer der bedeutendsten Söhne Nürnbergs, sondern der größte deutsche Maler überhaupt! Sich vorzustellen, daß er hier gewirkt hat im Anblick der Burg und daß er hier den Umbruch von der Gotik zur Renaissance mit bewirkt und in seinen Werken ausgedrückt hat!» – «Was heißt das?» fragte ich die angehende Kunststudentin. Sie zeigte auf die filigranartige Turmpyramide des Schönen Brunnens am Markt und sagte: «In der Gotik strebt alles nach oben, der Mensch erhebt die Seele gen Himmel. Was aber zum Beispiel Weihnachten geschah, ist genau die umgekehrte Bewegung. Gott kommt auf die Erde, das Himmelreich wird sichtbar unter uns. Die Gotik hat das auf Goldgrund gemalt. Dürer aber setzte die Geburt Jesu, sein Leben und Wirken und Sterben mitten in die Landschaft, in die Umgebung und zwischen die Menschen seiner Zeit. Es ging ihm dabei nicht um die Frage: ‹Wie sah das damals in Bethlehem genau aus?› Die Herberge, in der Gottes Sohn zur Welt kam, ist bei ihm keine Höhle, wie auf alten byzantinischen Darstellungen, und auch keine Karawanserei. Ihn beschäftigte vielmehr die Frage: ‹Wie sieht das bei uns aus, wenn Christus in unsere Welt und in unser Leben kommt?› Das war für ihn entscheidend!» – «Dazu fällt mir ein Vers des mittelalterlichen Mystikers Angelus Silesius ein», sagte ich und zitierte:

«Wär' Christus tausendmal geboren
und nicht in dir –
du bliebest ewiglich verloren.»

«Ja», meinte Karin, «aber dafür muß er mir gleich werden. Die Renaissance ist die Wiedergeburt des Menschen. Dürer hat Gottes Sohn vermenschlicht in seinen Bildern, also genau das zum Ausdruck gebracht, was Gott selbst mit der Geburt seines Sohnes bezweckt hat.»
Von der Frauenkirche erklang die Melodie des Lutherliedes «Vom Himmel hoch, da komm ich her ...» Und spontan fielen wir beide mit der Choralstrophe aus dem Weihnachtsoratorium ein:

«Ach mein herzliebes Jesulein,
mach' dir ein rein sanft Bettelein
zu ruh'n in meines Herzens Schrein,
daß ich nimmer vergesse dein.»

«Hat doch was für sich, im selben Chor zu singen», lachte sie, «aber trotzdem darfst du mir jetzt meinen Muff zurückgeben.»

Wir machten uns an die Weihnachtseinkäufe. Ich hatte am Nachmittag die Beiträge meiner Nachhilfeschüler für Dezember eingesammelt und von einigen dankbaren Eltern noch einen Umschlag mit einem Fünfmarkschein dazubekommen. Gegenseitig weihten wir uns ein in die Geheimnisse unseres Denkens und Wünschens für unsere Lieben zu Hause und halfen einander beim Aussuchen. Nachträglich will mir scheinen, daß wir beide dabei schon völlig verzaubert waren und einander ganz und gar vertraut vorkamen. Natürlich reichte das Geld nur für einen Bruchteil dessen, was wir gern gekauft hätten, aber was machte das schon! «Nürnberger Lebkuchen mußt du aber unbedingt bei euch auf den Gabentisch legen», meinte Karin, «in denen steckt die Zahl der Vollkommenheit. Sieben verschiedene Kräuter und Gewürze sollen darin sein, damit jeder Tag der Woche seine eigene Würze habe, was soviel bedeutet wie Heil und Leben durch Gott ...» – «... der Heil und Leben mit sich bringt ...», fiel ich ihr ins Wort und summte das Weihnachtslied vor mich hin.

«Kennst du die Geschichte des Nürnberger Rauschgoldengels?» fragte ich Karin. Als sie mit dem Kopf schüttelte, erzählte ich ihr, was ich kürzlich darüber gelesen hatte: «Ein Puppenmacher und seine Frau hatten ihr einziges Töchterchen in zartem Kindesalter durch den Tod verloren. Die Frau drohte darüber in Schwermut zu verfallen. Da nahm der Puppenmacher eines Abends knisterndes Rauschgold und fing an, ein Püppchen zu gestalten, das seinem Kind ähneln sollte, aber als ein Engel mit faltenreicher goldener Schürze und einer Krone im Haar. Es gelang ihm so gut, daß seine Frau, als sie es sah, laut aufschluchzte und heilsamen Tränen freien Lauf ließ. Immer wieder stammelte sie dabei, ja, dies sei ganz ihr Kind, das jetzt zum Engel geworden sei. Weil die Nachbarn das auch fanden und gern auch einen solchen Engel haben wollten, fertigte er viele davon und zog mit ihnen auf den Christkindlmarkt, von wo sie – wie du siehst – seither nicht mehr wegzudenken sind. Rauschgoldengel als Symbol eines glücklichen Lebens bei

Gott – so schmücken sie Christbaumspitzen und Weihnachtsstuben in der ganzen Welt.»

Beim Weiterschlendern fiel mein Blick an einem Stand mit Weihnachtskarten auf eine Kunstpostkarte, die ein Marienbild mit dem Christuskind zeigt. Besonders anrührend schien mir, daß auf einem Arm des «holden Knaben im lockigen Haar» ein Vogel sitzt, der ihm etwas ins Ohr zu singen scheint. Kaum hatte ich Karin darauf aufmerksam gemacht, als sie ganz verzückt rief: «Das ist ja die ‹Madonna mit dem Zeisig›! Daran kannst du alles sehen, was ich vorhin zu Dürers Entdeckung der Renaissance gesagt habe.» – «Wieso Zeisig?» fragte ich, aber sie sagte nur: «Sieh doch, wie allerliebst und herzig das Vöglein ist. Selbst der kleine Johannes unten auf dem Bild bestaunt es!» Und dann, beinahe flüsternd: «Bestimmt vertraut es dem Christkind gerade ein Geheimnis an.»

Schließlich kamen wir mit unseren Einkäufen vor den Weihnachtsbäumen bei der Frauenkirche an. Es schneite noch immer in leichten Flocken, so daß die Zweige, die viele Lichter trugen, weiß gepudert waren. Einst hatten Adam und Eva im Paradies an einem Baum gestanden und sich von der Schlange verführen lassen, gegen Gottes Gebot von seiner Frucht zu essen. Auch dieses Motiv hat Albrecht Dürer mehrere Male gemalt. In der Bibel steht nicht, wie die Frucht dieses Baumes aussah. Im Abendland stellte man sie sich als Apfel vor, wozu möglicherweise die Ähnlichkeit der lateinischen Bezeichnung des Apfels mit dem lateinischen Begriff für das Böse verleitete. «Malum ex malo» wurde sprichwörtlich – «Das Böse durch den Apfel». Am häuslichen Tannenbaum erinnern Weihnachtsäpfel mit ihrer bleichen Seite daran, daß die ersten Menschen im Paradies vor Gott schuldig und als Folge davon aus dem Paradies vertrieben und sterblich wurden. Die rote Seite des Apfels hingegen symbolisiert das neue Leben, das wir durch die Liebe Gottes haben und genießen dürfen. Denn «Also hat Gott die Welt geliebt, daß er seinen eingeborenen Sohn gab, auf daß alle, die an ihn glauben, nicht verlorengehen, sondern das ewige Leben haben», heißt es im Johannesevangelium. Und bekannt ist die letzte Strophe eines Weihnachtsliedes, die verkündet:

«Heut' schleußt er wieder auf die Tür
zum schönen Paradeis;
der Cherub steht nicht mehr dafür.
Gott sei Lob, Ehr und Preis!»

Der Christbaum mit seinen Lichtern gilt entsprechend als Zeichen des ewigen Lebens im wiedergewonnenen Paradies. Davor also standen wir und waren uns des Augenblicks voller Glück bewußt.

Allmählich wurde es Zeit zum Aufbruch. Mein Herz pochte, als ich Karin schließlich fragte, ob sie sich denn von mir etwas zu Weihnachten wünsche. Sie überlegte nicht lange. «Ja», sagte sie strahlend, «die *‹Madonna mit dem Zeisig›*, und daß du mir auf die Rückseite etwas schreibst.»

Ich kaufte die Karte mit einem Umschlag und lud Karin zu einem Glühwein an einem überdachten Stand ein. «Bestell ein Glas für mich mit!» rief sie und war plötzlich weg. Ich überlegte nicht lange, was ich auf die Karte schreiben könnte. Wes das Herz voll ist, des geht der Mund über beziehungsweise dem fließen die Worte vor Glück aus der Feder! Nach all der Kargheit des Lebens jetzt diese Fülle! «Die Liebe Gottes ist ausgegossen in unser Herz» – das war es, was ich empfand und mit klammen Fingern schrieb!

Nachdem Karin wiedergekommen war und ihr Glas geleert hatte, brachte sie mich noch bis zum Bahnhof. Ich gab ihr den Umschlag mit der Karte. «Lies sie aber erst Heiligabend.» Sie sah mich an und sagte: «Ich weiß nicht, ob ich noch so lange warten kann.» Da wollte ich sie umarmen. Doch sie wich einen Schritt zurück und sagte: «Gib mir deine Hand.» Ehe ich mich versah, hatte sie einen gefütterten Handschuh darübergestreift. «Fröhliche Weihnachten!» Den zweiten bekam ich auch noch, und dann lagen wir uns zum Abschied in den Armen und küßten uns. «Fröhliche Weihnachten!»

Albrecht Nelle

Elfie Vierthaler

Am Heiligen Abend in Nazareth

Es war kein herausragendes Festessen, das uns am 24. Dezember im Jahre 1980 in unserem Hotel im Heiligen Land serviert wurde. Auch Festtagsschmuck war nicht zu sehen. Aber einen Raum hatten wir zugesprochen bekommen, in dem unsere Reisegruppe nach dem Besuch der Mitternachtsmette noch ungestört bei ein paar Flaschen spendiertem Rotwein beieinander sein konnte.

In leichter Kleidung bestiegen wir den Bus, der uns nach Nazareth brachte; denn es war recht warm, und für den morgigen ersten Weihnachtstag war eine Fahrt auf dem See Genezareth geplant. Kurz vor der Verkündigungskirche verließen wir unseren Bus und gingen, uns umschauend, auf die erleuchtete Kirche zu. Die Straßen ringsum waren überspannt von Lichterketten in allen bunten Farben. Weihnachtslieder erklangen aus Lautsprechern. Aber, was war das? Der Kircheneingang war von bewaffneten Soldaten streng bewacht. Es wurden wohl Störungen oder Ausschreitungen von Andersgläubigen befürchtet.

Im unteren Stockwerk der Kirche schauten wir uns die einstmalige Wohnung Mariens an, deren Felswände uns recht karg erschienen und deren Räume sehr klein waren. Auf dem ersten Stock befand sich der Altar der Kirche, vor dem ein riesiges Rondell den Blick nach unten gestattete. Auf dem Rundsockel des großen «Guckloches» stand eine Vase neben der anderen voller weißer Narzissen – ein herrlicher Anblick!

Der Gottesdienst begann. Zwölf Priester gingen dem Bischof von Nazareth voraus an den Altar hinter einer langen

Reihe von Meßdienern. Das Evangelium wurde in mehreren Sprachen verlesen: arabisch, französisch, englisch und deutsch für die Gäste. Auch in der Predigt waren Passagen verschiedener Sprachen. Es ging auf den dritten Hauptteil der Mette zu, der Kommunion, zu der auch ich zum Altar schritt und das Heilige Brot vom Bischof empfing. Die Gemeinde sang mehrere Lieder. Und dann hörten wir auf einmal die Melodie unseres Liedes «Stille Nacht, heilige Nacht!», von einem Frauenchor in arabischer Sprache gesungen.

Auf der Rückfahrt war es ziemlich still im Bus. Alle waren noch stark beeindruckt. Bei einem Glas Rotwein überreichte mir meine Reisegefährtin ein kleines Geschenk, das sie von zu Hause mitgebracht hatte. Tränen traten in unsere Augen, denn die Gedanken schwebten zu den lieben Angehörigen, die nicht mehr unter uns weilten.

Gertrud Neuling

Weihnachten in Manhattan oder New Yorker Impressionen

Das kleine Mädchen neben mir schaut mich unentwegt an. Schwarzes Kraushaar, unergründlich dunkle Augen, die Haut tiefbraun wie Mokkaschokolade. So steht sie neben mir und gibt sich ganz der Betrachtung meiner Person hin. Oder ist es der kleine Teddy, der halb aus meiner Manteltasche ragt und diese Anziehungskraft ausübt?

Sie mochte zehn bis zwölf Jahre zählen. Die langen Beine in verblichenen Jeans, um die mageren Schultern eine phantasievolle Fransenjacke gehängt, so ist sie nur eine von vielen in dem Hexenkessel der New Yorker Subway. Sie schaut mich voller Interesse an; das ist ungewohnt in einer Stadt, wo Weiß von Schwarz unmißverständlich ignoriert wird.

Wir donnern mit D-Zug-Geschwindigkeit unter dem heißen Boden von Manhattan dahin.

Seit einem halben Jahr lebe ich hier, habe einen schwierigen, aufreibenden Job und fühle mich recht unglücklich.

Weihnachten steht vor der Tür.

Heute am 4. Advent bin ich für zwei Stunden meinem täglichen Joch entwischt und will die berühmte Candlelight-Messe in der herrlichen Riverside Church miterleben.

Die Kirche von der Größe einer Kathedrale, liegt mitten in Harlem am Hudson River. Ich weiß nur ungenau wo aussteigen und frage meine kleine Nachbarin.

Ihre braunen Augen schauen mich sachlich an.

«Willst du in die Candlelight-Messe?»

«Ja.»

«Allein?»

«Ja.»

Wieder betrachtet sie mich abschätzend, doch nicht unfreundlich.

«Next station. Ich wohne da und bringe dich hin. That's better for you» Ihr Ton duldet keinen Widerspruch.

Ich muß lächeln; ein kleines schokoladenfarbenes Mädchen als Beschützerin in Harlems dunklen Straßen!

Die donnernde Subway hält abrupt. In dem herausquellendem Menschenstrom ergreift sie energisch meine Hand, und gehorsam folge ich ihr die unzähligen Stufen hinauf an das Licht des Tages.

Wir stehen mitten auf dem Broadway. Von den dreiundzwanzig Kilometern dieser berühmtesten Straße von New York führen einige auch durch Harlem. Hierher verirrt sich zu Fuß kein Weißer!

Urplötzlich bin ich in das tiefste Afrika versetzt. Es wimmelt von Menschen.

Teenager in allen Variationen. Mütter, die ihre Schokoladenbabys auf dem Arm oder in großen Tüchern auf dem Rücken tragen. Gruppen von schwatzenden, gestikulierenden Männern und Frauen. Dazwischen unzählige Kinder, wie überall auf der Welt lärmend und Schabernack treibend.

Alle vom Kaffeebraun bis zum tiefsten Ebenholzschwarz! Kein einziges weißes oder wenigstens gelbes Gesicht!

Es ist die zauberhafte Stunde der beginnenden Dämmerung.

Noch hängt ein helles weiches Grau wie ein zarter Schleier in der Luft und nimmt den bereits funkelnden, auf und ab blitzenden Leuchtreklamen die Härte und Knalligkeit.

Der Broadway, breit wie ein Boulevard, hat hier fast Vorstadtcharakter. Unzählige Geschäftchen, vollgestopft mit allem, was man zum Leben braucht, wechseln sich ab mit schmutzigen Gastwirtschaften und kleinen zwielichtigen Bars.

Trotz Sonntag nachmittag ist alles geöffnet. Zahllose Krippen, Nikolause, Weihnachtsengel, geweihte Kerzen ... wechseln den Besitzer. Von den Riesenschirmen der Straßenverkäufer baumeln glänzende Ketten bunter Tannenbaumkugeln.

Geschwätzige Fröhlichkeit überall.

Vor lauter Begeisterung bleibe ich immer wieder stehen und schaue mich um.

Hinter der Tür jener Kneipe mögen sonst dunkle Geschäfte ausgebrütet werden, heute leuchtet rein und unschuldig ein großer goldener Weihnachtsstern davor.

Meine kleine Führerin zieht mich weiter. Ich gehöre zu ihr; sie läßt es unmißverständlich spüren. Kein Mensch beachtet mich.

Wie recht sie hatte!

«Wie heißt du?» frage ich.

«Pat ... und du?»

«Gertrude.»

Ein zögerndes Lächeln auf beiden Seiten.

«Warum nimmst du den Teddy mit?» In ihren Augen funkelt ein wenig Spott und viel Neugierde.

Also doch der Teddy! Ich werde etwas verlegen. Schließlich habe ich bereits graue Haare, da schleppt man keine Teddys mehr mit sich herum.

«Es ist ein Talisman! Ich wußte ja nicht, daß ich dich treffen würde.» Pat nickt verständnisinnig.

Es ist tatsächlich ein Talisman. Seit meiner Kindheit zieht er auf allen Reisen im Koffer mit. Der Gedanke an Harlem ließ ihn in meine Manteltasche schlüpfen.

Kreuz und quer durch dunkle Nebenstraßen geht es noch, dann ragt urplötzlich der hohe Turm der Riverside Church vor uns in den Himmel.

Wissen es alle in unserer glaubenszersplitterten Welt, daß hier eine Kathedrale steht, die der gesamten Christenheit gehört? Sie wurde für diese Idee als einzige Kirche in der Welt vor etwa hundertfünfzig Jahren von allen christlichen Konfessionen und Sekten in Gemeinschaftsarbeit erbaut!

Himmelhohe gotische Bogen beherrschen das Kirchenschiff. Keine Heiligenbilder. Keine Madonnenfiguren. Kein Altar. An seiner Stelle ein großes schlichtes, frei hängendes Kreuz aus glänzendem Gold!

Das einzige Wahrzeichen, welches alle Christen vorbehaltlos anerkennen.

Noch stehen wir vor dem Portal. Ich schaue Pat an, will mich bedanken. Doch sie erklärt rundheraus:

«Ich komme mit.»

«Deine Mammi wird warten?» wende ich ein. «Oder Daddy ... vielleicht die Grandma?»

«Nobody at home», wischt Pat den Einwand unbekümmert fort und zieht mich durch das große Portal.

In der Kirche drängen sich Tausende von Menschen aller Hautfarben. Wer nicht in Harlem wohnt, ist mit dem Auto über den Stadt-Highway am Hudson River gekommen.

Ich werde mit Pat auf die Empore geschoben; gerade noch

rechtzeitig, um den Einzug des Chors zu sehen. Einhundert Sänger und Sängerinnen, in festliche Gewänder gekleidet, ziehen leise singend durch den Mittelgang und gruppieren sich unter dem goldenen Kreuz.

Nur vereinzelte Lampen erleuchten das riesige Kirchenschiff.

Stille jetzt, im Halbdämmer verbreitet sich andächtige Spannung.

Orgelklänge eröffnen ein kleines Konzert. Die Sänger singen meisterhaft alte fromme Weisen. Ein Solosopran schwingt sich rein und klar darüber, als schwebe unsichtbar ein Engel durch den Raum.

Wieder Stille. Die wenigen Lichter erlöschen bis auf eine große brennende Kerze unter dem Kreuz.

In ihrem Schein wird eine Bibel aufgeschlagen. Ein weißer und ein schwarzer Priester lesen abwechselnd die alte, ewig neue Geschichte von dem Wunder in Bethlehem vor.

Voll klingt die Stimme der Verkündigung bis in den letzten Winkel des Riesenraumes. Die einmalige Akustik dieses Baus macht jedes Mikrofon überflüssig.

Stille. Schweigende Erwartung liegt über den Menschen aus allen Ländern der Welt.

Der schwarze Priester steht nun allein unter dem goldenen Kreuz. Weithin tönt seine Stimme durch die dunkle Kirche:

«Und Gott sprach: Es werde Licht!
Und es ward Licht ...
Und Gott sah, daß es gut war.»

Die Stimme schweigt. Der Priester zündet eine kleine Kerze an der großen brennenden an und hält sie dem nächststehenden Sänger hin. Der zündet seine Kerze an und bietet wiederum sein Licht dem Nachbarn dar. Und siehe, alle Sänger haben Kerzen in der Hand.

Das Licht wandert durch ihre Reihen. Von einem zum anderen. Bei jedem Stückchen Weg, den es zurücklegt, wird es ein wenig heller.

Dies alles geschieht in vollkommener Stille. Die Augen der Tausenden von Menschen blicken gebannt auf die kleine Flamme, die von Hand zu Hand wandert, das Gold des Kreuzes wundersam erglänzen läßt und unmerklich die Dunkelheit verdrängt.

Als jeder Sänger sein Licht entzündet hat, und die hundert Kerzen alle Menschen, auch den letzten in der hintersten Bank, in ein sanftes, warmes Licht einhüllen, singt der Chor zart und verhalten das alte deutsche Weihnachtslied «Stille Nacht, heilige Nacht».

Friede senkt sich in jedes Herz.

Ich vergesse meinen Kummer und spüre, wie Pat ihre kleine Hand in meine schiebt.

Schwarz und Weiß? Wie unwichtig ist das!

Jubelnder Orgelklang begleitet den zweiten Vers. Jetzt singen alle aus vollem Herzen mit. Jeder in seiner Sprache. Der Gesang von Tausenden Menschen, geführt von Orgel und Chor, braust durch das hohe, weite Kirchenschiff, als würde die gesamte Menschheit hier gemeinsam singen. Könnte sie es nur einmal, denke ich, nichts mehr würde sie voneinander trennen!

Wieder eine kleine Stille. Nun geschieht wirklich ein Wunder. Das Kuppeldach scheint sich zu öffnen; ganz in der Ferne, in höchsten Höhen, intoniert eine Himmelsorgel den dritten Vers.

Atemlos lauschen wir. Die Melodie kommt langsam näher, schwebt um die hohen gotischen Pfeiler, sinkt sanft anschwellend hernieder. Der Chor stimmt behutsam mit ein, und sehr zart und innig verklingt der letzte Ton.

Wunderbares Schweigen. Kann es noch mehr Glückseligkeit geben?

Die Sänger schreiten durch den Mittelgang hinaus. Mit ihren brennenden Kerzen nehmen sie das Licht mit. Nur unter dem Kreuz leuchtet noch einsam die große Kerze.

Wie hingezaubert steht auf einmal eine goldene Harfe davor. Ein Spieler tritt heran. Ein zweiter mit einer Viola in der Hand gesellt sich zu ihm. Sie tragen das festliche Gewand der Chorsänger. Aber während jene noch irdischer Herkunft sind, wenn sie auch wie die Engel sangen, diese tragen gewiß unsichtbare Flügel! Sie musizieren, wie man nur im Himmel musizieren kann.

Der weiche Ton der Viola trägt ein Adagio so voll und klar durch den Riesenraum, als stünde der Musikant überall gleichzeitig. Die Orgel untermalt leise, und der Harfe helle Töne umspielen die sanfte Melodie wie übermütige Barockengelchen.

Verzaubert sitzen wir und lauschen.

Wie lange? Es gibt keine Zeit! Wir hätten bis zum Jüngsten Tag so gesessen, hingegeben dieser Musik aus himmlischen Sphären!

Auf einmal verklingt der letzte Ton. Unbemerkt, wie sie gekommen, sind die Musikanten verschwunden.

Eine kleine aufatmende Stille.

Leise beginnendes Gemurmel.

Langsam erheben sich die Menschen und streben zum Ausgang. Die Erde hat uns wieder.

Und doch ist es anders. Waren wir vorher Fremde untereinander, jetzt verbindet uns etwas; und wenn es nur der gleiche Glanz in aller Augen ist!

Ich schaue Pat an, das Licht in ihren unergründlich dunklen Augen.

«Wonderful!» seufzt sie tief auf.

Wieder eilen wir durch einsame Seitenstraßen, gehen Hand in Hand über den Broadway, auf dem nun das lärmende hektische Nachtleben beginnt.

Welch ein Kontrast! Mit welcher Selbstverständlichkeit so nah beieinander! Das ist faszinierend an dieser Stadt; denn auch die Riverside Church ist New York!

Am Eingang zur Subway hat eine dicke Zeitungsverkäuferin ihren Stand. Knallroter Wollschal um den Hals, gelbe Pudelmütze auf dem Kraushaar. Blendend weiß leuchten ihre Zähne in dem tiefschwarzen Gesicht, als sie uns anlacht, um dann wieder energisch und lautstark die neuesten Schandtaten der Menschheit in die Gegend zu schmettern. Von dem Zeitungstisch baumeln goldene Weihnachtssterne. Ein besonders schönes Exemplar prangt an ihrer Brust.

Wir sind neben ihr stehengeblieben. Pat entläßt mich genau dort, wo ihre Schutzbegleitung begonnen hatte.

«Good luck, Gertrude.» sagt sie schnell, denn auf der anderen Straßenseite lockt ein Rudel gleichaltriger Kumpane. Ich ziehe den Teddy hervor und schiebe ihn in die Tasche ihrer abgewetzten Fransenjacke.

«Den brauch ich nicht mehr, Pat, ab heute wird er dir Glück bringen. Good luck!» Fest drücke ich die kleine schwarze Hand.

Meine Beschützerin strahlt von Kopf bis Fuß, greift blitzschnell in die Tasche, um den Teddy festzuhalten, macht einen übermütigen Hopser und ist im Nu in dem Broadway-Gewimmel untergetaucht.

Ich stehe noch ein wenig verblüfft ob Pats plötzlichem Verschwinden, als die Zeitungsfrau mich anstößt,

«All right Madam», lacht sie, «Christmas-time!»

Wie recht sie hat! So muß Weihnachten sein. Nur so, wie ich es heute erleben durfte. In der Riverside Church; mit Pat; und auch der Teddy gehört dazu!

Peter Bengs

Adventsbrief

Wer glaubt, der heilige Nikolaus führe ein geruhsames Leben, der 364 Tage im Jahr sich ausruht und nur am 6. Dezember auf die Erde kommt, um die artigen Kinder zu beschenken, der irrt sich gewaltig. Und man bedenke auch sein biblisches Alter! Als Gottvater vor 1649 Jahren, also im Jahre des Herrn 342 n. Chr., unseren Nikolaus, damals Bischof von Myra in Lykien, zu sich ins himmlische Reich zurückrief, ernannte er ihn zum Schutzpatron der Kinder und wies ihm als Heimstatt ein gemütliches Haus mit angrenzender großer Kinderspielzeugwerkstatt auf dem Stern Nummer 7 der Plejaden an. Seitdem lebt er dort oben und beobachtet das Treiben der Kinder auf Erden.

Jeden Tag ist er in seiner großen Kinderspielzeugwerkstatt und gibt die Wünsche der Erdenkinder an seine vielen guten Geister weiter, die dort ohne Ruh und Rast hämmern, sägen, schneiden, feilen, klopfen, kleben, weben und malen, damit all das viele Spielzeug rechtzeitig zum Festtag des St. Nikolaus am 6. Dezember fertig ist. Aber unser Nikolaus hat Sorgen. Von Jahr zu Jahr werden es mehr Kinder, die beschenkt werden müssen. Er hat schon seine Werkstatt mehrmals vergrößert, sie bedeckt jetzt schon den ganzen Stern Nummer 7, ja, sie ragt schon ein Stück darüber hinaus. In sternenklaren Nächten kann man das sogar von hier unten fast sehen, wie da unten rechts sich ein Zacken zum Stern Nummer 6 reckt. Gott sei Dank hat aber St. Nikolaus viele Helfer auf der Erde gefunden. Eltern, Großeltern oder auch Onkel und Tanten nehmen ihm die Arbeit ab und stecken viele gute Gaben an seinem Festtag in die Schuhe der Kinder.

Im Jahre des Herrn 1990 aber geschah es, daß St. Nikolaus ein paar Tage vor seiner Reise zur Erde wieder mal einen Kontrollblick durch sein Superinterstellarriesenteleskop wirft und dabei wie zufällig die Stadt Berlin im Visier hat. «Hhm», brummelt er so vor sich hin, «mächtiges Gewimmel da unten, kaum was zu erkennen.» Er stellt an der Feineinstellung seines Superinterstellarriesenteleskops ein bißchen rum und hat auf einmal das Kinderheim des Dr. Janusz Korczak in Lichtenberg ganz groß vor Augen. Aber was muß er da sehen? Vor lauter Schreck fällt ihm fast seine alte Schmauchpfeife aus dem Mund. Er sieht lauter elternlose Kinder in dem Heim. Kinder ohne seine wichtigsten Helfer auf Erden. «Ach herrjeherrje», denkt er, «die habe ich ja beinahe vergessen. Da tut aber Eile not.» Er greift zu seinem Verzeichnis von humanitären Organisationen und blättert das alphabetische Register durch. Bei «O» stockt sein Finger, denn «O» ist dieses Jahr dran. «Mal sehen, was wir bei «O» alles haben. Oa... Ob... Oc... Od... halt, da haben wir ja was: Odd Fellow Orden. Ah ja, in Berlin gibt's die also auch.» Er greift zu seinem Satellitentelefon, mit dem er sich in jedes Telefonnetz der Erde einschalten kann, und wählt viermal die Null für die Erde, dreimal Null für Europa, zweimal die Null für Deutschland, einmal die Null und die Dreißig für Berlin und dann 826 13 82.

Die Verbindung klappt sofort, es meldet sich ein Bruder Wolfgang der Concordia-Loge Berlin. Der heilige Nikolaus trägt dem Bruder Wolfgang seine Sorgen wegen der Kinder ohne Eltern im Kinderheim Dr. Janusz Korczak in Berlin im Bezirk Lichtenberg vor und bittet darum, ihn doch zu unterstützen. Bruder Wolfgang bedankt sich bei Herrn Nikolaus (er kommt gar nicht auf die Idee, daß es unser St. Nikolaus ist) für den Tip und verspricht im Namen der Brüder zu helfen.

Aufatmend beendet St. Nikolaus das Gespräch und wendet sich anderen wohltätigen Aufgaben zu.

Unterdessen hat Bruder Wolfgang den Bruder Obermeister und seine anderen Logenbrüder informiert, und im Sinne der Ordensregeln beginnen sofort große Aktivitäten. Der Bruder Obermeister setzt sich mit der Heimleitung in Verbindung, erfährt, daß es 189 Kinder sind, wird bei dieser großen Zahl doch etwas blaß, bittet sofort den Schwesternbund der Concordia-Loge um Hilfe, und dann geht es erst richtig los. Die Schwestern häkeln, stricken, kaufen, backen, braten, packen für jedes Kind eine große Geschenktüte. Die Brüder arbeiten dazu ein richtiges Nikolaus-Programm aus.

Pünktlich dann am Ehrentag von St. Nikolaus am 6. Dezember fahren die Brüder und Schwestern vollbepackt mit all den guten Gaben zum Kinderheim, wo sie schon voll Ungeduld von all den Kindern erwartet werden. Nachmittags gibt es Kaffee, Kuchen und Kakao. Abends gibt es leckere Braten und Salate und noch vieles andere. Der weltberühmte russische Zauberer Jelzin verzaubert nicht nur die Kinder mit seinen verblüffenden Tricks. Die persönlichen Geschenke für jedes Kind machen nicht nur die Beschenkten, sondern auch die Schenkenden ganz froh.

Als spät am Abend die Brüder und Schwestern das Kinderheim verlassen, da ist's, als hörten sie in der Ferne Schellengeläut.

Wer weiß, vielleicht ist St. Nikolaus eben doch mal mit seinem von Rentieren gezogenen Schlitten vorbeigefahren, um 189 glückliche Kinder zu sehen.

Vielleicht findet der eine oder andere in der Adventszeit auch ein elternloses Kind, das er beschenken kann.

In diesem Sinne wünsche ich allen eine gesegnete Advents- und Weihnachtszeit!

Edzard Müller

Hubertus Gottliebs letzte Chance

Es gibt schüchterne Menschen. Ja, es gibt sogar sehr schüchterne Menschen. Und es gab den Vikar Hubertus Gottlieb. Dieser war der schüchternste von allen.

Pastor Erwin Rönneberg, der ihn zur Ausbildung hatte, schüttelte vor so viel Ängstlichkeit und Menschenscheu seines Vikars immer aufs neue den Kopf.

«Aber Herr Gottlieb! Das kann doch nicht so schwer sein! Sie brauchen doch nur fest aufzutreten, die Leute anzuschauen und mit lauter Stimme zu sprechen. Das werden Sie doch wohl schaffen!»

Aber Vikar Gottlieb schaffte es nicht. Wenn er einen Hausbesuch machen mußte, schlich er erst dreimal am Haus vorbei; und wenn er dann endlich klingelte, klopfte sein Herz wie rasend. Wenn er mit Leuten redete, guckte er verlegen auf seine Schuhspitzen. Wenn er Konfirmandenunterricht erteilte, hatte er feuchte Hände und sprach mit stockender Stimme – sofern er überhaupt sprach! Denn wenn Pastor Rönneberg nicht dabei war, schwatzten, lärmten und grölten die Jungen und Mädchen derart, daß der hilflose Vikar überhaupt nicht zu Wort kam.

Ganz schlimm war es, wenn er predigen mußte! Da las er die Predigt von A bis Z ab und schaute nicht ein einziges Mal hoch. Dabei sprach er mit so leiser Stimme, daß zumindest die älteren Leute nichts mitbekamen.

«Meine Güte, lieber Herr Gottlieb!» rügte Pastor Rönneberg mit donnernder Stimme. «Reden Sie frei! Es braucht ja gar nicht druckreif zu sein! Sie brauchen nur an zwei Dinge zu denken: Reden Sie laut! Schauen Sie die Leute an! Weiter nichts.»

In dieser Art hielt Rönneberg seinem Vikar öfter eine Standpauke. Dieser wiederum gelobte mit rotem Kopf und leiser Stimme Besserung, um das nächste Mal wieder zu versagen.

Eines Tages – es war kurz nach dem 3. Advent – nahm Pastor Rönneberg mit seiner zwanzigjährigen Tochter Elfriede das Abendbrot ein und schüttelte wieder einmal seinen Kopf.

«Nein, dieser Vikar! Das ist vielleicht einer! Wie der sich vor Verlegenheit windet! Ich glaube, der lernt es nie.»

«Es kann ja auch nicht jeder so ein Draufgänger sein wie du, Vati», sagte Elfriede. «Eine Prise Schüchternheit steht einem Menschen ganz gut!»

«Eine Prise? Mein Gott! Dieser Herr Gottlieb ist doch die Schüchternheit in Person! Die gestrige Konfirmandenstunde war wieder einmal ein einziges Fiasko. So etwas von Verlegenheit und Unsicherheit habe ich noch nicht erlebt.»

«Selig sind die Sanftmütigen», warf Elfriede Rönneberg ein.

«Gewiß, meine Tochter! Aber zwischen sanftmütig und trantütig ist schließlich ein Unterschied. Und unser Vikar ist eine Trantüte, jawohl, eine Trantüte hoch drei!»

«Aber Vati, jetzt wirst du gemein!»

Pastor Rönneberg horchte überrascht auf: «Du nimmst ihn auch noch in Schutz?»

«Ja!» sagte Elfriede. «Ich finde ihn durchaus sympathisch. Und er wird sich noch mausern, glaub es mir.»

«Da wird er sich aber sehr ändern müssen. Und das rasch! Denn meine Geduld mit ihm ist bald zu Ende. Morgen werde ich ihm noch mal die Leviten lesen. Und dann spurt er, oder er fliegt.»

Und wie Pastor Rönneberg seinem Vikar Hubertus Gottlieb am nächsten Tag die Leviten las! Der arme zukünftige Pastor konnte selbst einem hartgesottenen Menschen leid tun. Pastor Rönneberg kannte kein Pardon und ließ ein wahres Trommelfeuer von Wortsalven auf ihn niederprasseln. Der

Vikar war schließlich so verschreckt wie ein Kaninchen vor der Schlange, und sein Selbstbewußtsein war so klein wie eine Maus.

«Aber eine Chance gebe ich Ihnen noch!» donnerte Rönneberg. «Und zwar am Heiligen Abend. Da halten Sie den Gottesdienst um halb sechs. Dann ist die Kirche proppenvoll. Da müssen Sie sich bewähren. Wehe, wenn Sie den vielen Leuten, die voller Erwartung und weihnachtlicher Freude kommen, wieder etwas im Pianissimo vormurmeln, ohne auch nur einmal aufzusehen! Dann werde ich mich umgehend mit dem Propst in Verbindung setzen, und dann können Sie etwas erleben!»

Der Vikar war ganz in sich hineingekrochen wie eine Schnecke in ihr Haus. Die letzten Reste seines Selbstvertrauens waren dahingeflossen.

«Also», dröhnte Rönneberg zum Abschluß. «Das ist Ihre letzte Chance, ist das klar?»

«Jawohl», hauchte der Vikar. «Ich werde mich bemühen, eine gute Weihnachtspredigt zu schreiben.»

«Sie haben mich wohl noch immer nicht verstanden!» donnerte Rönneberg. «Es geht nicht darum, was Sie schreiben. Es geht darum, wie Sie es vortragen! Sie müssen Ihre Zuhörer anblicken und Ihre Predigt hinausposaunen! Verstanden?»

«Ja», flüsterte der Hubertus Gottlieb.

«Also bis zum Heiligen Abend!» schloß Pastor Rönneberg und entließ seinen Vikar wie ein Häufchen Elend.

Der Heilige Abend kam näher und näher. Hubertus Gottlieb schrieb an seiner Weihnachtspredigt. Aber immer dann, wenn er zwei oder drei Sätze zu Papier gebracht hatte und hochschaute, sah er vor seinem geistigen Auge das von unzähligen Menschen gefüllte Kirchenschiff, und Lampenfieber und Angst überfielen ihn aufs neue. Vor allem trat das strenge und kritische Gesicht von Pastor Rönneberg hervor, und daneben wurden die anmutigen Züge von Rönnebergs Tochter Elfriede sichtbar. Ach, Fräulein Rönneberg! Sie war so patent, so lebensgewandt! Was sie wohl von ihm, dem ängstlichen Vikar, denken mochte?

Am Vormittag des 24. Dezember tigerte unser Vikar kreuz und quer durch den Park, murmelte Predigtteile und versuchte, die aufsteigende Angst niederzuhalten. Zwischendurch blieb er stehen und sprach sich mit Versen aus den Psalmen selbst Mut zu. «Der Herr ist mein Licht und mein Heil, vor wem sollt ich mich fürchten?» deklamierte er. Aber seine zittrige Stimme stand im Gegensatz zu diesem Vers.

Dann wieder betete und stammelte er: «Lieber Gott! Hilf mir heute. Gib, daß ich es packe!»

Am Nachmittag war er versucht, aus der Stadt zu fliehen, einfach alles hinzuschmeißen und wegzurennen.

Aber um fünf vor halb sechs, als die Kirchenglocken läuteten und die Menschen in die Kirche strömten, stand er in der Sakristei und nestelte nervös an seinem Talar herum. Er versuchte, mutig und gleichmütig dreinzuschauen, und betrat das Kirchenschiff.

Er riskierte einen kurzen Blick auf die Gemeinde. Dicht an dicht saßen die Menschen in der weihnachtlich geschmückten Kirche. Und ganz hinten am Eingang sah er Elfriede Rönneberg stehen, die den Küster vertrat und die Liederzettel austeilte. Dann sprang ihn die Angst an wie ein Panther. Alles verschwamm ihm vor den Augen. Er wankte zur ersten Reihe und sank auf seinem Platz nieder.

Schon setzte die Orgel ein, und die festlich gestimmte Gemeinde sang: «Wie soll ich dich empfangen und wie begegn' ich dir.»

Während dieses Liedes faßte sich unser Vikar immerhin so weit, daß er fähig war, ans Lesepult zu treten und, wenn auch mit Zwergenstimme, die Botschaft der Propheten zu verlesen:

«Das Volk, das im Finstern wandelt, sieht ein großes

Licht... Denn uns ist ein Kind geboren, ein Sohn ist uns gegeben ... Und er heißt Wunder-Rat, Gott-Held, Ewig-Vater, Friede-Fürst.»

Aber er sagte es leise und blickte nur einmal kurz auf. Es überzeugte nicht; es riß nicht mit. Pastor Rönneberg jedenfalls, der sich in die dritte Reihe gesetzt hatte, rutschte unruhig auf seinem Platz hin und her und sah irgendwie gequält aus. Und Elfriede, die hinten am Eingang stand, war blaß und mochte gar nicht nach vorn schauen.

Dann sang die Gemeinde «Es ist ein Ros' entsprungen aus einer Wurzel zart».

Aber der Vikar vermochte es nicht, in dieser Pause genügend Kraft zu schöpfen. Denn als er danach das Weihnachtsevangelium verlas, klang es belanglos und nicht wie eine frohe Botschaft.

«Denn euch ist heute der Heiland geboren!»

Pfarrer Rönneberg pflegte diesen Satz ins Kirchenschiff hineinzutrompeten, daß es auch ein Schwerhöriger in der letzten Reihe verstehen konnte. Vikar Gottlieb dagegen brachte das Kunststück fertig, sogar bei diesem Satz nicht aufzuschauen.

Dann sang die Gemeinde «Vom Himmel hoch, da komm ich her», dieses wunderbare, von Luther gedichtete Lied. Unser Vikar stieg oder besser wankte die Stufen zur Kanzel hinauf, um die Predigt zu halten. Der Organist spielte noch ein paar Takte. Dann blickten mehrere hundert Augenpaare auf Vikar Gottlieb.

Nun schaute auch Elfriede Rönneberg auf.

«Lieber Gott!» dachte sie. Und sie dachte es mit Nachdruck. «Lieber Gott! Hilf Du Herrn Gottlieb. Mach seine Stimme klarer und lauter!»

Und unser Vikar?

Der Anblick der dichtgedrängten Menschenmenge von Alten und Jungen, von Männern, Frauen und Kindern erschreckte ihn vollends. Den Blick starr auf sein Manuskript gesenkt, sprach er mit kaum vernehmbarer, bebender Stimme.

Welcher Mensch kann auch schon über seinen Schatten springen!

Um das Unglück vollzumachen, setzten plötzlich die Glocken in voller Lautstärke ein. Es fiel nämlich der Heiligabend in diesem Jahr auf einen Mittwoch. Und jeden Mittwoch läuteten automatisch um fünf vor sechs die Glocken, um zur Sechs-Uhr-Andacht einzuladen. Keiner hatte daran gedacht, sie für den Heiligabend abzustellen.

Es setzten also die Glocken im Fortissimo ein und übertönten die ohnehin leisen Worte des Vikars völlig.

Doch Elfriede Rönneberg reagierte rasch. Um eine Katastrophe abzuwehren, huschte sie blitzschnell in den Vorraum der Kirche, wo sich alle Knöpfe und Schalter für Licht und Glocken befanden. Doch sie kannte sich nicht genügend darin aus und drückte auf den falschen Knopf. Die Glocken tönten weiter. Aber die Kirche versank in Finsternis. Auch die Lichter des Tannenbaums gingen aus. Nur ein paar Wachskerzen gaben ein notdürftiges Licht. Das Manuskript jedenfalls, aus dem unser Vikar las, lag im Dunkeln.

In dieser entscheidenden Situation packte den Vikar Hubertus Gottlieb der Mut der Verzweiflung. Er wußte: Nun half nur noch die Flucht nach vorn. Und in diesen entscheidenden Sekunden wuchs er über sich selbst hinaus. Er dachte nicht mehr an das, was er geschrieben hatte, sondern folgte seiner momentanen Eingebung.

«Denn euch ist heute der Heiland geboren!» So donnerte er, die Glocken übertönend, ins Kirchenschiff. «Jawohl, liebe Gemeinde! Euch ist heute der Heiland geboren. Euch! Das bedeutet allen, die ihr hier zusammengekommen seid: Junge, Alte, Kinder, Männer, Frauen. Ihr alle habt euren Kummer und eure Sorgen. Und bei euch allen ist etwas in Unordnung. Aber Jesus kann das heilen! Er ist euer Heiland. Ihr müßt ihn nur in euer Herz einlassen. Jesus gibt Ruhe und

Freude. Er kann gestörte Beziehungen wieder in Ordnung bringen. Er kann alles heil machen!»

Durch die Gemeinde ging ein Ruck. Gebannt starrten alle auf den Kanzelredner, der sich so verwandelt hatte und voller Feuer und Freude seine Predigt hielt.

«Aber, liebe Gemeinde!» fuhr der Vikar fort. «Empfangenes Heil darf man nicht für sich allein behalten. Empfangene Gnade muß man weitergeben, sonst verschimmelt sie gleichsam. Darum laßt uns unsere Mitmenschen lieben. Denkt dabei besonders an Jesu geringste Brüder, die Hungernden, Gefangenen und Kranken! Helft auch den Fremden, den Flüchtlingen und Asylanten! Denkt daran: Auch Maria und Joseph waren Fremde und fanden keinen Raum in der Herberge. Auch Jesus war ein Flüchtling auf dem Wege nach Ägypten!»

Längst hatte Elfriede Rönneberg die richtigen Knöpfe gefunden. Die Glocken läuteten nicht mehr; das Kirchenschiff war in Helligkeit getaucht. Aber unserem Vikar war das egal. Er hatte sich freigeschwommen und stützte sich nicht auf sein Manuskript.

«Aber das Heil ist nicht nur für uns Menschen da!» rief Hubertus Gottlieb der Gemeinde zu. «Wir sollen uns auch gegenüber allem, was da lebt, gegenüber der ganzen Natur brüderlich verhalten! Denkt daran: In Jesu Stall waren auch ein Ochse und ein Esel!»

In dieser Weise predigte Vikar Gottlieb schwungvoll und begeisternd. Und er behielt seinen Schwung und seine Lautstärke bei bis zum Amen.

Später, nachdem die Gemeinde «Nun singet und seid froh» gesungen hatte, stand Hubertus Gottlieb noch einmal am Lesepult, um die Kollekte anzusagen. Er hatte zwar alles fein säuberlich aufgeschrieben, was er sagen wollte; aber nun war der Bann gebrochen, und voll Zutrauen zu sich selbst sprach er frei und laut:

«Liebe Gemeinde. Die Kollekte ist bestimmt für ‹Brot für

die Welt›. Ich will nicht viele Worte machen. Aber denkt daran, was ich euch von der Kanzel gesagt habe: Empfangene Freude muß weitergegeben werden. Gebt darum in weihnachtlicher Freude ein angemessenes, großherziges Opfer für Jesu geringste Brüder, für die Hungernden in der Dritten Welt.»

Am Schluß des Gottesdienstes erklangen noch einmal majestätische Orgelklänge, und die Gemeinde jubelte im Stehen:

«O du fröhliche, o du selige,
gnadenbringende Weihnachtszeit.»

Dann war der Gottesdienst zu Ende. Hubertus Gottlieb ging zum Ausgang, schüttelte jedem die Hand und wünschte allen ein gesegnetes Weihnachtsfest.

Als Pastor Rönneberg seinem Vikar die Hand schüttelte, flüsterte er ihm zu: «Donnerwetter, das haben Sie großartig gemacht! In Zukunft werde ich wohl von Ihnen lernen müssen.»

Und im stillen dachte er: «Ich will nie mehr daran zweifeln, daß es Wunder gibt, und ich will dabei bleiben, daß bei Gott kein Ding unmöglich ist.»

Nach dem Gottesdienst mußte noch in der Sakristei die Kollekte gezählt werden. Es waren zunächst drei, die zählten: der alte Kirchenvorsteher Meier, der Vikar und Elfriede Rönneberg. Aber der alte Meier hatte es eilig, zu seiner Familie zu kommen, und fragte bald: «Werden Sie auch ohne mich fertig? Ich möchte gern heim.»

Nun waren nur noch Elfriede Rönneberg und Hubertus Gottlieb in dem Raum. Sie zählten und schwatzten und lachten. Der Vikar war auch hier nicht wiederzuerkennen. Er, der sonst in Gesprächen so gehemmt war, war mächtig aufgetaut. Nur zum Schluß, als alles Geld gezählt war, schien er wieder in seine alten Fehler zurückzufallen. Seine Stimme klang belegt; sein Blick wurde unsicher; seine Ohren begannen zu glühen. Schließlich sagte er mit stockender Stimme:

«Wie wäre es, beziehungsweise könnten wir beide nicht – zum Beispiel am 2. Weihnachtstag – einen Spaziergang, Ausflug oder ähnliches unternehmen?»

Fräulein Rönneberg sagte zu, und zwar gar nicht so ungern. Und mit diesem Ausblick auf ein Rendezvous wollen wir die Geschichte schließen, indem wir nur noch andeuten, daß es nicht bei diesem einen Rendezvous blieb.

Sibille Treffkorn

Der andere Engel

Eine Nach-Weihnachtsgeschichte für den,
der sich überfreut hat

Am nächsten Morgen wachte Maria auf, bevor der erste Hahn das Morgenlicht verkünden konnte. Graue Dämmerung rieselte kühl durch die kleinen Fenster des ärmlichen Stalles, und fröstelnd erkannte Maria, daß der Zauber der Heiligen Nacht unwiederbringlich vorüber war und mit ihm verschwunden die Wärme der Schafe, die die Hirten mit sich gebracht hatten, der Glanz der himmlischen Heerscharen und das Leuchten des Sterns von Bethlehem. Seufzend blickte sie um sich, und ihr sorgenvoller Blick fiel auf Joseph, der schlafend neben ihr im Stroh lag. Er war nicht mehr jung, und die lange Reise hatte ihn kaum weniger erschöpft als sie selber. Auch war er ein einfacher Zimmermann, und die Ereignisse der letzten Nacht hatten ihn überwältigt und tief erschüttert. Sie wußte, daß er sich Gedanken darüber machen würde, wie ihr Leben wohl weitergehen mochte. War eine Rückkehr zu ihrem früheren Leben gar unmöglich, nach alldem was die Engel verkündet hatten?

Maria wandte sich ihrem Kind zu, dem winzigkleinen Jungen, der da so selig in der Krippe schlief. War er nicht wie jedes Kind auch? Maria erinnerte sich daran, wie am Abend vorher plötzlich wilde Hoffnung in ihr aufgekommen war, als sie erkannte, daß sie ihr Kind in einem armseligen, nicht ganz sauberen Stall haben würde, umgeben von den Tieren des Wirtes, der sich ihrer erbarmt hatte. Gott konnte doch sicher nicht wollen, daß sein eigener Sohn in so ärmlichen Umständen zur Welt käme. Vielleicht war der Engel, den sie vor neun Monaten gesehen hatte, nur ein Traum gewesen. Und vielleicht würde das Kind ganz ihr eigenes sein, ein ganz gewöhnlicher kleiner Junge, der seines Vaters Handwerk lernen und ein Leben ohne Schmerz und Aufgabe würde führen können. Denn was der Sohn Gottes zu tun hatte, das wußte Maria tief in ihrem Herzen, obwohl der Engel nur von Freude gesprochen hatte.

Den leuchtenden Stern über dem Stall hatte sie wohl gesehen, aber nicht mehr wahrgenommen. Zu sehr war sie mit der kommenden Geburt beschäftigt gewesen. Und als sie endlich das kleine Wesen in ihren Armen gehalten hatte, war es tiefe Nacht und ihre Freude war so tief und selig gewesen, daß das Eintreten der Hirten, einer nach dem anderen, ihr erschien wie die natürliche Fortsetzung ihrer eigenen Freude. Welche Mutter hält es wohl für absonderlich, daß die Engel vom Himmel herniedersteigen und die Welt stillsteht, wenn sie ein Kind bekommt. Ach, und Augen hatte sie doch nur gehabt für das kleine Wunder in ihren Armen und Ohren nur für seine ersten Atemzüge, denn geweint hatte er nicht. Nur gelächelt hatte er mit seinem Mündchen, das so winzig war wie eine Rosenknospe, und seine Augen, die strahlten wie der Stern, der seine Geburt ankündigte.

Aber jetzt waren die Lobgesänge verklungen, und doch wurde ihr klar, was die Engel angekündigt hatten, nämlich die Ankunft des Herrn, und auch, wem diese Botschaft zugedacht war: der ganzen Welt. Tränen fielen auf Jesus' Gesicht, als sie sich über ihn beugte und Abschied nahm von ihm, als ihrem herzeigenen Kind, das einfach und sicher in ihren Armen hätte aufwachsen sollen, nur ihr allein zur Freude.

Als der Kummer sie nun so ganz überschwemmen wollte, denn sie war ja auch nur ein Mensch und so ganz allein in dieser ersten Morgenstunde mit ihrer Angst und wohl auch Erschöpfung, da fühlte sie etwas ihre Schulter streifen, ganz leicht nur. Aber als sie aufblickte, da sah sie einen Engel im Gebälk sitzen. Eigentlich sah er mehr aus wie ein gewöhnlicher Mensch, ganz ohne das Strahlen und Leuchten der Engel der Heiligen Nacht, wenn nicht der Glanz in seinen grauen Augen gewesen wäre, ein Glanz, der sofort Marias Herz umschloß, sie wärmte und tröstete und nie mehr verließ.

Und dann sprach der Engel zu Maria, und er redete nicht nur über die Freude, und das war gut so, denn Maria hatte sich überfreut in der Nacht zuvor und suchte nach der Wahrheit, die nach der Freude kommt und sie würde tragen können durch das, was kam. Es ist manchmal schwer für uns Menschen, nach der Zeit der Erwartung mit der Erfüllung unserer Träume fertig zu werden, denn wir greifen ja immer nach den Sternen, und es ist nicht einfach, einen Stern durch den Alltag zu tragen. Ja, und Maria war eben auch nur ein Mensch. Dieser Engel wußte von ihrer Bedrängnis, denn er war ein spezieller Gesandter Gottes, und er sprach von den tiefen Zusammenhängen zwischen Freude und Traurigkeit, Leben und Tod, und wie das eine ohne das andere eben nicht sein kann, so wie es kein Oben gibt ohne ein Unten, kein Richtig ohne ein Falsch, weil es keinen Maßstab mehr gibt, wenn ein Teil des Ganzen fehlt. Und ihr wurde klar, wenn sie den Schmerz in ihrem Leben aufgeben würde, sie niemals würde die Freude spüren können. Und dann wußte sie plötzlich, daß sie in aller Traurigkeit eines Menschenlebens nie alleine sein würde, sondern immer getragen von dem Glanz, der aus den Augen des Engels strahlte.

Sie löste ihren Blick von dem Engel und sah, daß ihr Kind erwacht war, und auch in seinen Augen sah sie den Glanz, der mehr war als nur Freude. Sie nahm ihr Kind in die Arme und sah ihm in die Augen und erkannte, daß sie immer ihren eigenen Platz bei ihm haben würde. Sie lächelte und wollte dem Engel ihr Kind zeigen, aber der Engel war schon verschwunden.

Tief aufatmend spürte sie die Wärme und das Licht der ersten Sonnenstrahlen, das Erwachen der Tiere und Josephs Hand, die nach ihr griff. Draußen vor dem Stall hörte sie Schritte und unterdrücktes Murmeln, und sie verstand, daß die Menschen wiedergekommen waren, um zu sehen, ob das Wunder auch bei Tageslicht noch da war. Ob es wohl hielt, was die entschwundenen Engel versprochen hatten?

Und Maria erhob sich von ihrem Lager mit dem Sohn der Welt in ihren Armen, und als sie vor die Tür des Stalls trat und die wartenden Menschen dort anlächelte, verkündete das Leuchten in ihren Augen jedem einzelnen unter ihnen von der Freude, die nach der Erfüllung kommt.

Alexander Rajcsányi

Der Weihnachtskarpfen

Wenn die Lichterketten über die Hauptstraßen der Ortschaften gespannt werden, wenn in den Kaufhäusern liebevolle Musik wie süßer Brei aus den Lautsprechern quillt und Weihnachtsmänner schwitzend Freude verbreiten, wenn mein Gehaltskonto für ein paar wenige Tage schwarze Zahlen aufweist, wenn also alle Anzeichen unübersehbar in Richtung Weihnachten deuten, dann fällt mir alljährlich wieder die Geschichte vom Weihnachtskarpfen ein, die sich ein gutes Jahrzehnt nach dem letzten Weltkrieg zugetragen hat.

Ich war damals ein kleiner Junge von fast acht Jahren, gerade mal ein halbes Jahr in der ersten Klasse (wir wurden damals noch Ostern eingeschult), und lebte nach dem frühen Unfalltod meiner Eltern mit meinen Großeltern in einer Zweieinhalbzimmerwohnung in einem großen Mietblock. Das Haupt der Familie war unumstritten mein Großvater, der allerdings nichts dagegen einzuwenden hatte, wenn sich meine Großmutter als der Hals betätigte, der das Haupt geschickt in die ihrer Ansicht nach richtige Richtung drehte.

Mein Großvater, das war nicht nur ein liebevoller und weiser Mensch, sondern er war vor allem ein Künstler. Ein Künstler durch und durch. Eine kleine verbeulte Trompete war sein wichtigster Besitz. Wenn er traurig war, dann spielte er, und seine Trompete erzählte jedem, der sie verstand, von Großvaters Kummer. Und wenn er fröhlich war, dann spielte er erst recht. Dann schmetterte er seine Lebenslust in den höchsten Tönen heraus und in einem Tempo bisweilen, daß man meinen konnte, die Töne jagten im Flickflack über die dazugehörige Tonleiter. Dabei lachten und juchzten seine Augen, und wer sich von dieser Freude nicht anstecken ließ, dem war nicht mehr zu helfen.

Darüber hinaus war mein Großvater ein begnadeter Erzähler. Wenn er zu erzählen anhob, verstummte alles, und ob er von Heldentaten erzählte, die zu tun ihm nie vergönnt war, von irgendwelchen Streichen und Merkwürdigkeiten oder von eher alltäglichen Begebenheiten: alles wußte er genüßlich darzubieten, auszukosten und auf den Punkt zu bringen.

An manchen Samstagabenden erzählte er nur für mich allein. Ich lag dann, frisch gebadet, wohlig warm verpackt in meinem ausgezogenen Kastenbett links neben dem Küchenfenster. Rechts vom Fenster stand unser alter Küchentisch, und jenseits des Tisches stand mein Großvater. Nur von einer Straßenlaterne fiel ein wenig Licht in unsere Küche, so daß ich Großvater schemenhaft sehen konnte. Ab und zu, wenn er sich eine Zigarette anzündete, ließ die Flamme des Zündhölzchens sein Gesicht aus der Dunkelheit aufscheinen, und das wiederholte sich in abgeschwächter Form, wenn er an der Zigarette sog. Ansonsten hörte ich nur diese Stimme, die mich einhüllte und streichelte, die in mich eindrang und mich ausfüllte und die mir, ganz gleich wovon sie gerade erzählte, immer auch zu sagen schien: Ich hab dich gern, und du kannst dich auf mich verlassen.

Schließlich war mein Großvater ein wunderbarer Koch, eine Art Lustkoch allerdings, der nur zu den großen Festtagen aufkochte oder dann, wenn ihn die Lust nach besonders Feinem unwiderstehlich überkam. Dann summte oder pfiff er leise vor sich hin, und sein Gesicht spiegelte höchste Zufriedenheit, während er das Mahl komponierte. Dabei handelte es sich, knapp eineinhalb Jahrzehnte nach einem verlorenen Krieg und angesichts der bescheidenen Verhältnisse, in denen wir lebten, natürlich nicht um Menüs mit acht Gängen oder um Speisen mit teuren exotischen Zutaten. Die Kunst des Großvaters bestand gerade darin, aus einfachen, überall für wenig Geld erhältlichen Bestandteilen ein Essen mit Pfiff zu zaubern, das selbst dem mürrischsten Küchenchef eines Fünf-Sterne-Hotels ein bewunderndes «Oh, là, là!» abgenötigt hätte.

Heiligabend, das hatte der Großvater so bestimmt, gab es bei uns Ente. Aufs feinste gefüllt, versteht sich, außen knusprig und innen wunderbar zart. Eigentlich wäre dagegen absolut nichts einzuwenden gewesen. Aber in diesem Jahr hatte ich von einigen meiner Mitschüler gehört, daß es bei ihnen einen Weihnachtskarpfen gebe, und was begehrt ein Kind schon mehr als das, was andere Kinder haben. Ich fragte also zu Hause an, ob nicht auch wir einmal einen Karpfen essen könnten. Zunächst überhörte mein Großvater einfach meine Frage. Als ich sie aber hartnäckig wiederholte, lehnte er meinen Wunsch kurz und sehr bestimmt ab. Und als ich mich damit immer noch nicht zufriedengab und weiterbohrte, da wurde er sogar richtig böse, ohne allerdings irgendeine Begründung für seine heftige Ablehnung zu geben. Ein solches Verhalten war mir an meinem Großvater völlig fremd, und so zog ich mich, erschreckt und verstört gar, in einen Schmollwinkel zurück. Dort suchte mich die Großmutter auf, die während der vorausgegangenen Unterhaltung geschwiegen hatte, und erzählte mir eine Geschichte, die das Verhalten des Großvaters aufklärte. Er hatte vor etlichen Jahren einmal einen Musikerkollegen, dem eine kräftige Fischgräte im Hals steckengeblieben war, vor dem sicheren Erstickungstod gerettet, indem er die Gräte mit einem Geigenzänglein herausgerissen hatte. Der Mann kam zwar hinterher für eine Weile ins Krankenhaus, aber ohne den schnellen und beherzten Zugriff des Großvaters hätte er diesen Tag nicht überlebt. Großvater war von diesem Erlebnis so sehr beeindruckt, daß er seit dieser Zeit nie wieder Fisch gegessen hat.

Na gut, dachte ich mit kindlicher Hartnäckigkeit, dann werd ich ihn eben von seiner Angst heilen. Ich besorge einfach selber einen Fisch. Dann wird er ihn wohl oder übel zubereiten müssen.

Am Nachmittag des 23. Dezember – mein Großvater war noch in der Fabrik, und Großmutter half einer kranken Nachbarin – plünderte ich mein Sparschwein, holte unser Leiterwägelchen aus dem Keller, stellte die kleine Zinkwanne hinein, füllte sie bis zur Hälfte mit Wasser und zog los zum Laden von Blaschke, wo alljährlich in vier, fünf großen Bottichen Karpfen zum Verkauf angeboten wurden. Schnell hatte ich mir einen schönen Fisch ausgesucht, aber ich zögerte noch, in den Laden hineinzugehen, weil ich mich sorgte, mein Geld könnte nicht ganz reichen. Da ging die Ladentür auf, und der alte Blaschke kam heraus. Er war ein kleiner Mann, immer wohl gelaunt, ständig mit einem Scherz auf der Zunge und vor allem uns Kindern herzlich zugetan. Auch wenn sein Laden an den Samstagen voller

Leute war, ließ er es nicht zu, daß wir Kinder von Erwachsenen weggedrängt wurden, richtete freundlich das Wort an uns und vergaß nie, uns ein Bonbon – oder, wie er sagte, «a Zuckerl» – mitzugeben. Jetzt strahlte er, daß seine Lachfalten von einem Ohr zum anderen reichten, und mit einem Blick auf mein Gefährt sagte er: «Wenn du nicht dein neies Schwimmbad spazierenfihrst, dann mechtest du beim alten Blaschke einen Fisch kaufen, richtig?»

Ich nickte.

«Hast dir schon an schenen ausgeguckt?»

«Ja», sagte ich und deutete auf einen. «Reicht der auch für drei Personen?»

«No freilich! Und wann a Engerl auf seinem Rückweg zum Himmel bei eich Station macht, dann mecht der auch noch hibsch satt werden davon!»

Mit geübtem Griff fischte er meinen Karpfen aus dem Bottich, wog ihn ab und ließ ihn in mein Wännchen gleiten. Als er dann den Preis nannte, da wußte ich sofort, daß mir 20 Pfennige fehlten, und für 20 Pfennige konnte man damals bedeutend mehr kaufen als heute.

Ich zählte ihm mein Geld in die Hand. Aber es wurde nicht mehr. Um uns herum standen inzwischen ein paar weitere Kunden, und der alte Blaschke sah mir wohl an, wie peinlich es mir war, daß mein Geld nicht reichte.

«Wir werden wohl doch einen andern nehmen müssen», sagte ich kleinlaut.

«Na, wo werd ich denn dem jungen Mann seinen Fisch wieder wegnehmen!» rief Blaschke und schlug mir wohlwollend lächelnd auf die Schulter. «Da mecht ich mich ja schämen. Sag ma so: Weil mir zwei alte Geschäftsfreinde san und weil morgen Heiligabend is, macht dir der Blaschke a Sonderangebot. Ich geb dir den Fisch um 30 Pfennig billiger, und mir bleiben gute Freinde!»

Sprach's, drückte mir 10 Pfennige in die Hand und außerdem «a Zuckerl», das er aus seiner Manteltasche gekramt hatte. Ich bedankte mich, herzlich froh darüber, daß mir der Alte so großzügig aus der Klemme geholfen hatte, und zog erhobenen Hauptes mit meiner Neuerwerbung nach Hause.

Dort stellte ich den Leiterwagen zunächst in den Eingang und klingelte dann zu uns hinauf, um festzustellen, ob inzwischen schon jemand nach Hause gekommen war. Aber es rührte sich nichts. Gerade als ich mich anschickte, die Wanne nebst Wasser und Karpfen in den ersten Stock zu schleppen, kam Frau Horn, die ein Stockwerk über uns wohnte, aus der Waschküche. Ohne lange zu fragen, packte sie mit an und half mir hinauftragen. «Am besten tust ihn in die Wanne, da hat er a bisserl mehr Platz, bis er morgen mit euch feiern darf!» Noch bevor ich recht begriffen hatte, wie sie das meinte, war sie lachend nach oben entschwunden.

Sosehr viel Platz war in der Wanne allerdings auch nicht. Es war nur eine Sitzbadewanne mit einem etwa 40 bis 50 Zentimeter tiefen Teil für die Füße, die unterhalb des Badezimmerfensters über die ganze Schmalseite von Wand zu Wand reichte. Ich ließ kaltes Wasser ein, bis es etwa zwei Handbreit über der Sitzfläche stand, schloß den Klosettdeckel, wuchtete das Wännchen erst einmal dort hinauf und hievte es nach kurzer Verschnaufpause von da in die Wanne, wo ich den Fisch auskippte. Geschafft! Ein kurzes Weilchen betrachtete ich noch unseren neuen Hausgenossen, der sich «ins Tiefe» zurückgezogen hatte. Dann machte ich mich daran, Wännchen und Leiterwagen wieder im Keller zu verstauen, bevor meine Großeltern nach Hause kamen.

Da sich bei uns das Leben tagsüber vorzugsweise in der Wohnküche abspielte, blieb mein Einkauf bis zum Abend unentdeckt. Aber nach dem Abendessen verkündete meine Großmutter, daß sie nun baden wolle, weil sie in der Hektik des morgigen Tages sicher keine Zeit dafür finden werde. Jetzt mußte die Bombe platzen. Und sie platzte in Form eines Schreckensrufes, der, durch die papierenen Wände des sozialen Wohnungsbaus kaum gedämpft, Großvater und mich zunächst zusammenfahren und sodann ins Bad hasten ließ.

«Den hast doch du angeschleppt?» schimpfte Großmutter, der der Schreck noch im Gesicht geschrieben stand.

«Ja», sagte ich trotzig. «Ich habe euch doch gesagt, daß ich auch einmal einen Weihnachtskarpfen möchte. Und da hab ich uns von meinem ersparten Geld einen gekauft. Den spendier ich zu Weihnachten.»

Großmutter wußte nicht so recht, was sie sagten sollte, und schaute fragend zu Großvter. Der ging, ohne ein Wort zu sagen, an ihr vorbei zur Wanne. Ich trat neben ihn und sah nach dem Fisch. Der lag bewegungslos ganz unten in der Wanne und stierte herauf. Großvater schaute stumm hinunter. Seine Augenbrauen hoben und senkten sich mehrmals, dann schob er die Lippen nach vorne, zog sie wieder zurück, kaute auf der Unterlippe. Das ganze Gesicht war in Bewegung, und es hatte den Anschein, als hielte er stumme Zwiesprache mit diesem feuchten Gesellen da unten in der Wanne. Nach einer Weile drehte er sich wortlos um und ging bedächtig in die Küche, wo er sich hinter seiner Zeitung vergrub.

Großmutter, die sich inzwischen beruhigt hatte, schickte mich ins Bett, wo ich der Zeit entsprechend inzwischen hingehörte, und zog sich ihrerseits hinter den Vorhang des Küchenabteils zurück, um in Ermangelung einer geeigneten Badegelegenheit eine Ganzkörperwäsche vorzunehmen.

Am nächsten Morgen mußte ich noch einmal in die Schule. In unseren Klassen fanden zunächst kleine Weihnachtsfeiern statt. Danach strömten wir in die Aula, um einem Krippenspiel zuzusehen, das die Abschlußklassen aufführten. Schließlich hatten wir noch zwei endlos kurze, aber gutgemeinte Weihnachtsansprachen von Rektor und Pfarrer auszusitzen, und dann begannen die Weihnachtsferien.

Das Mittagessen nahm ich an diesem Tag bei meiner Tante ein. Die war in diesem Jahr dran, uns Kinder zu hüten. Auf diese Weise waren wir nicht in beiden Familien bei den Festvorbereitungen im Wege. Nach dem Essen sammelten mein gleichaltriger Cousin und ich Moos und Holz im nahen Wald und stellten anschließend im Keller der Tante unsere Krippen fertig, an denen wir seit Tagen gebastelt hatten.

Schwer beladen, den Schulranzen auf dem Rücken, das sperrige Krippenpaket unter dem Arm, trabte ich gegen 6 Uhr abends nach Hause, gespannt auf den Abend, gespannt auf den Karpfen und gespannt auf die Geschenke.

Schon an der Eingangstür empfing mich ein herrlicher, aber wohlbekannter Duft: Entenbraten! Ich legte Ranzen und Krippe im Flur ab und sauste ins Bad zur Wanne. Leer! Ich machte kehrt und rannte in die Küche.

«Wo ist der Karpfen?»

«Guten Abend sagt man bei solchen Gelegenheiten in zivilisierten Kreisen», entgegnete Großvater ruhig. Großmutter war gerade dabei, den Tisch zu decken.

«Guten Abend!» sagte ich unwirsch. «Wo ist der Karpfen?»

«Ich habe ihn freigekauft!» Schmunzelnd zeigte mein Großvater auf ein neues Sparschwein, das auf der Anrichte stand.

Eigentlich hatte ich heftig protestieren wollen, aber der alte Fuchs hatte mit seiner rätselhaften Antwort meine Neugierde geweckt. «Was heißt das, du hast ihn freigekauft? Hast du ihn zu Blaschke zurückgebracht?»

«Ach wo! Wenn du glaubst, daß ich den Fisch einfach fortgeschafft habe, als du weg warst, dann bist du aber schiefgewickelt. Gleich nach dem Mittagessen hab ich den Karpfen aus der Wanne geholt, um ihn zu schlachten und zuzubereiten.»

«Und?» fragte ich mißtrauisch.

«Tja, und wie ich ihn so mit einer Hand an der Schwanzflosse aufs Brett drücke und mit der anderen aushole, da wehrt er sich mit aller Kraft, bäumt sich auf, immer und immer wieder. Dann liegt er schließlich still. Ganz erschöpft ist er. Er schaut mich an und klappt sein Maul auf und zu, als ob er mir was sagen will.»

«Jetzt sag bloß noch, der Fisch hat mit dir gesprochen!»

«Na ja, gehört hab ich nichts, das will ich gar nicht behaupten. Aber seine traurigen Augen, die hättest du mal sehen sollen. Und dann dieses Fischmaul: auf – zu, auf – zu. Ich hab wirklich gedacht, der will mir was sagen: ‹Weihnachten, und du gehst mit dem Messer auf mich los! Dabei hab ich eine Frau, und bald wird sie eine Menge Kinder bekommen. Die muß sie dann allein großziehen, bloß weil du mich an Weihnachten umbringen mußt. Sagt ihr nicht Fest der Liebe dazu? Eine schöne Bande seid ihr, ihr Menschen! Pfui! Aber nur zu, ich bin ja wehrlos!› – Also, ich weiß nicht, wie dir das gegangen wär, aber ich hab's einfach nicht fertiggebracht, ihn umzubringen. Da hab ich ihn zum Main runtergekarrt und ins Wasser geworfen. Du hättest mal sehen sollen, wie der sich gefreut hat. Richtig getanzt hat der auf dem Wasser, bevor er zu seiner Frau verschwand. Der wird ihr heute eine lange Weihnachtsgeschichte erzählen, eine, die gut ausgeht und bei der wir Menschen einmal nicht ganz so schlecht wegkommen wie sonst.»

«Aha», sagte ich, durch Großvaters gemütvolle Ausrede schon merklich besänftigt, «und die Ente hat wohl keine Angehörigen mehr?»

«Das weiß ich nicht», sagte Großvater treuherzig. «Ich hab sie beim Bauern Stegmann mitgenommen auf dem Rückweg vom Main. Die war schon geschlachtet und wurde zusammen mit anderem Geflügel zum Verkauf angeboten. Ich hab sie also nicht umgebracht. Nur verfeinert!»

Und als ob das ein Stichwort für sie gewesen wäre, stellte meine Großmutter in diesem Augenblick mit einem fröhlichen «Bitteschön!» den herrlich duftenden Entenbraten auf den Tisch.

Lockend stieg mir der Duft in die Nase.

Großvater nutzte diesen günstigen Augenblick und streckte mir die Hand hin: «Friede?»

Und weil der Karpfen ohnehin nicht mehr zu fassen, die Ente knusprig, mein Zorn verraucht und mein Großvater sowieso der beste war (außer deinem natürlich), schlug ich ein und sagte: «Friede!»

Dann setzten wir uns zu Tisch, beteten und ließen es uns schmecken. Aber zwischendurch mußte ich immer mal wieder an die Verwandten von Ente und Karpfen denken, und bisweilen geht es mir heute noch so.

Alexander Rajcsányi

Annonce

Christkind sucht
neues Quartier

Instandbesetzt
und viel zu teuer jetzt
für arme Zimmerleute
ist Bethlehems Stall

Von den Wänden verkünden
Plakate das morsche Holz
verdeckend Glück für
neunundvierzigneunzig
Dutzende Düfte verleugnen
der Armut Gestank
Der Engel ist heiser
Sein Friedensgruß
kommt nicht an
gegen die Lautsprecher
der Glückverkäufer

Christkind sucht
neues Quartier
In Bethlehems Stall
thront das goldene Kalb

Sigrid Eggersglüß

Die Autorennbahn

Till saß in der Küche vor seinem Teller Gemüsesuppe und pustete, daß nichts mehr auf dem Eßlöffel blieb. Da er allein war, konnte keiner schimpfen. Bunte Spritzer zierten mittlerweile die Tischdecke. Rote Möhren, grüne Erbsen und weißer Kohlrabi.

«Nichts ist langweiliger auf dieser Welt als die Zeit vor dem Heiligen Abend», dachte Till.

Vati und Onkel Wolf waren in die Stadt gefahren, um wie immer in letzter Minute ihre Weihnachtsgeschenke einzukaufen. Mutti raschelte im Wohnzimmer hinter abgeschlossener Tür.

Till drückte auf den Radioknopf, und sofort ertönte ein Weihnachtslied, das er im Kindergarten gelernt hatte. Er sang laut mit und platschte im Takt mit seinem Löffel in den vollen Teller.

Eine diffuse Unruhe ließ Mutter in die Küche stürzen, und da sah sie die Bescherung, die so gar nichts Weihnachtliches hatte.

«Till, hör sofort auf. Wenn du keinen Hunger hast, geh bitte in dein Zimmer. Du kannst dort schlafen oder Kassetten hören, was du willst.»

«Wann kommt Brummpa, Mutti? Mir ist so langweilig.»

«Dein Großvater kommt zum Kaffee. Dann war auch der Weihnachtsmann da und hat seine Geschenke unter den Tannenbaum gelegt.»

«Weihnachtsmann is Quatsch, Mutti. Glaub bloß nicht an den. Papa und Onkel Wolf kaufen die Geschenke im Laden.»

Endlich läutete Mutter das Glöckchen, und Till sprang in der Küche vom Schoß seines Brummpas und rannte ins Wohnzimmer. Es war geheimnisvoll schummrig, da nur die Kerzen am Weihnachtsbaum brannten. Ein Kinderchor im Radio sang «O du fröhliche», und Vater, Onkel Wolf und Mutter drückten nacheinander Till an sich und wünschten ihm «Fröhliche Weihnachten».

Danach setzten sich alle um den gedeckten Tisch und probierten vom Christstollen, der Apfeltorte und den Lebkuchen.

«Was ist da unterm weißen Tuch, Onkel Wolf?» fragte Till. «Sieht aus, als ob da 'ne Leiche drunter liegt.»

«Till», ermahnte die Mutter, «ich glaube, du schaust zuviel Schlimmes im Fernsehen. Wenn du deinen Kuchen aufgegessen hast, darfst du das Tuch abnehmen.»

Till stopfte die Backen so voll, daß er kaum noch kauen konnte.

«Verflixt, der Kakao ist viel zu heiß. Warum muß man immer erst etwas Blödes tun, bevor das Schöne kommt? Eltern sind schwierige Menschen», dachte Till.

Endlich durfte er aufstehen und das große Geheimnis lüften. Die kleinen Päckchen unter dem Baum beachtete er gar nicht. Eine Autorennbahn mit einem schwarzen und einem knallroten Auto verbarg sich unter dem Bettlaken. Sie stand vor den Bücherregalen und nahm fast eine halbe Seite des Wohnzimmers ein.

Vater und Onkel Wolf erklärten dem Vierjährigen ausführlich die Handhabung dieser Bahn. Sie machten es ihm vor, und schon flitzten die beiden Autos in dem Rund durch die Kurven, überholten sich, jagten über Höhen und Tiefen.

Till probierte es auch, doch sein Flitzer raste ziemlich schnell über das Ziel hinaus und landete vor Brummpas Füßen.

«Laß Brummpa mal versuchen», sagte der und nahm Till die Bedienung aus der Hand.

Die Männer ließen die Autos kreisen, schneller und schneller, ein Wettkampf jagte den nächsten.

Mutter hatte das Geschirr hinausgetragen und räumte die Küche auf.

Till ging in sein Zimmer und nahm sein Stofftier Max in den Arm. «Die Erwachsenen sind kindisch, sie spielen mit meinem Spielzeug», flüsterte er dem struppiggrauen, abgeliebten Hund ins Ohr.

Mutter kam herein und nahm ihren Jungen wieder mit ins Wohnzimmer. Zusammen packten sie die restlichen Päckchen aus. Vater, Onkel Wolf und Brummpa ließen sich in ihrem Rennfieber nicht stören. Es ging hoch her, und sie knurrten, schrien, johlten und lachten.

«Morgen stellen wir die Autorennbahn in dein Zimmer, dann kannst du mit deinem Freund Thomas in Ruhe damit spielen», sagte Mutter, als sie die traurigen Augen ihres kleinen Sohnes sah.

«Sonst spielt Onkel Wolf immer mit mir und Vati und Brummpa auch. Nur heute nicht. Die Rennbahn ist doof, Weihnachten ist doof.»

Als Till abends im Bett lag, kamen die Männer nacheinander an sein Bett und versprachen, morgen den ganzen Tag mit ihm zu spielen.

Es wurde ein anstrengender Tag, denn Till nahm sie beim Wort. Alle Versuche der Erwachsenen, mit dem roten und schwarzen Flitzer schnell mal zwischendurch eine Autorunde zu drehen, wußte er geschickt zu boykottieren.

Nach drei Runden «Mensch ärgere Dich nicht» war Onkel Wolf rot vor Wut, er konnte so schlecht verlieren. Mutter fehlte die rechte Konzentration beim Memory, und Vater haßte nach der dritten Kassette zunehmend Benjamin Blümchen, die Till auf seinem Schoß, genießerisch den Daumen in der Schnute, anhörte.

Jede noch so plausible Ausrede der Erwachsenen, um sich mal eine kurze Verschnaufpause zu verschaffen, half nicht.

«Ihr habt es mir versprochen!» blieb Till eisenhart.

«Na gut, Weihnachten ist das Fest des Friedens und der Nächstenliebe», stöhnte Brummpa leise in seinen Bart und las die zehnte Geschichte von Pu, dem Bären, vor.

Reinhold Nisch

Armes Christkind

Unterm Gabentisch
liegt kein Computer
für den Sohn,
kein Portable
für die Tochter,
befinden sich
keine Reisegutscheine
für die Enkelkinder!
Na, so etwas!
Das Christkind in Deutschland
muß wohl ärmer geworden sein!

Conrad H. von Sengbusch

Licht aus dem Dunkel

Wir schrieben das Jahr 1947. Die Kriegs- und Nachkriegswirren hatten unsere Familie vom Baltikum in den Warthegau verschlagen und von dort nach Thüringen. Die Familie trennte sich, und mit 11 Jahren kam ich zusammen mit meiner zwei Jahre älteren Schwester Monika zu meinem Vater. Er lebte inzwischen in einer kleinen schleswig-holsteinischen Stadt direkt an der Elbe.

Mein Vater war bis 1945 Fabrikant. Nach der Flucht und

einer Episode als Volkssturmmann hatte er sich bei der noch vermögenden Ost-Verwandtschaft gemeldet. Es reichte in deren großen Betrieben aber nur zu Hilfsarbeiterposten ... So blieb ihm kaum eine Wahl: Er «setzte sich in den Westen ab», wie man damals sagte, und eröffnete in der Ruine des örtlichen Schützenhauses eine kleine Seilerei. Für eine Seilerei brauchte man eine Seilerbahn und viel Platz, und den bot der lange, mit Wällen und Kugelfang abgeschlossene Schießstand. Seilerei, das war schwere körperliche Arbeit, die Tag für Tag und auch bei eisiger Kälte im Freien verrichtet werden mußte. Das Rohmaterial gewannen wir aus altem, verrotteten und verbrannten Schiffstauwerk. Abends saßen wir alle im winzigen, notdürftig beheizten Zimmer unserer Wirtschafterin, dröselten die Tampen, Taue und Trossen auf und lösten die Fasern heraus, die noch brauchbar waren. Daraus entstanden wieder Wäscheleinen, Viehstricke und Fußmatten, die uns ein Grossist in Hamburg abnahm. Reich wurde mein Vater mit diesen Waren nicht. Es langte gerade so zum Leben und Kompensieren.

Die Hilfe meines Vaters war Juris F., ein wirklich feiner und gebildeter Herr der «alten Schule». Er hatte in seinem Leben bessere Zeiten gesehen und war bis 1939 lettischer Forst- und Landwirtschaftsminister. Der Krieg hatte ihn nach Deutschland verschlagen, und er teilte das Schicksal mit Zehntausenden von Landsleuten. Nie sah ich ihn gereizt, immer dagegen gütig und gut aufgelegt.

Hier in Schleswig-Holstein war es uns bestimmt, gemeinsam das Tief zu durchwandern und neu zu beginnen. Unsere Familie stammte aus dem Baltikum. Hier waren wir seit Jahrhunderten ansässig, kamen zu Reichtum und Ansehen, stellten für Jahrzehnte das Stadthaupt und lebten vom Großhandel und einer Reederei. Die alte und ehrwürdige Hansestadt Riga war unsere gemeinsame Heimat.

Juris F. war eine Seele von Mensch: Untersetzt, bärenstark und gesund, trotzte er sibirischer Kälte und haderte nie. Ich erinnere mich, daß er stets freundlich, offen und zugänglich war. Obwohl schon Mitte der Sechzig, schaffte er unermüdlich und war mit Freude an der Arbeit. Soviel Harmonie konnte nur von einer intakten Familie ausgehen. Und richtig, dazu gehörte seine liebevolle, einfühlsame und herzliche Frau.

In unserem Ort waren während des Krieges zwei große Munitionsfabriken in Betrieb. Tausende von Ostarbeitern waren hier eingesetzt. Unmittelbar nach dem Krieg konnten oder wollten diese Menschen nicht wieder in ihre angestammte Heimat zurückkehren. Diese «DPs» oder «Displaced Persons» hatten ihr eigenes Schicksal, sie lebten in Polen-, Russen- oder Lettenlagern. Versorgt wurden die «DPs» von der Weltorganisation der UNRRA. Diese Organisation sorgte für Lebensmittel, Kleidung und gegebenenfalls auch für eine neue Heimat.

Unser «Zuhause» war mehr eine Schlafstätte als eine Wohnung. Wir hausten in einem ungeheizten Mansardenzimmer in einem Mehrfamilienhaus, das mitten im ehemaligen Munitionswerk stand. Diese Häuser wurden im Krieg für die Wissenschaftler des Werkes gebaut und waren nun bis unters Dach, und sehr zum Mißfallen dieser ehemals Privilegierten, mit Flüchtlingen belegt. Den Blick, den die Hausherrin uns zudachte, falls wir ihr begegneten, muß man erlebt haben, um ihn zu bewahren oder zu vergessen. Verdrängen kann man ihn nicht.

Dieser Winter war so bitterkalt, daß das Wasser in der Waschschüssel fror. Unser Mobiliar waren drei Feldbetten aus einer US-Zuteilung und drei alte und muffige englische Militärdecken, ebenfalls auf Bezugsschein bezogen. Den wiederum gab es nur, wenn man das «Influx»-Lager in Lübeck passiert hatte und mit dem «Entlaust»- und «Entwanzt»-Stempel als Zugezogener in Schleswig-Holstein registriert war. Ach ja, unser «Luxus» war ein kleiner Detektorapparat und Kopfhörer aus einer Fliegerhaube. An dem kleinen schwarzen Bakelitkasten trafen sich alle unsere Schnüre. Die Sprungfedermatratze wurde zur Antenne erklärt, und mit etwas Stocherei auf dem empfindlichen Detektorkristall fanden wir die richtige Stelle, um Radio Hamburg empfangen zu können.

Das war schon alles. Aber in dieser tristen Umgebung ohne Baum und Kerzenschein konnte einfach keine festliche Stimmung aufkommen. Kinder haben da so ihre Vorstellungen, wenn sie es früher feierlicher erlebt hatten.

Weihnachten öffnet bekanntlich die Herzen, und wenn ich mir das einzig verbliebene Foto von damals anschaue, dann kann ich heute verstehen, daß wir zum 1. Weihnachtstag bei Herrn und Frau F. eingeladen waren. Wir wurden freundlich empfangen. Dann verschwand Juris F. für eine Weile, und wir warteten gespannt. Weit entfernt, aber vernehmbar, klingelte leise und silberhell ein Glöckchen. Langsam tat sich die Tür zum Nebenraum auf, und uns wurde der Blick in eine unwahrscheinlich schöne Welt beschert. Dieses festliche, stimmungsvolle Bild, zu dem nach alter Art die Eltern und Kinder in festlicher Kleidung gehörten, das gemeinsame Singen, das Verlesen der Weihnachtsgeschichte, aber auch das Aufsagen von Gedichten, kannte ich noch, aber es lag weit zurück.

Ein richtiger Weihnachtsbaum war aufgestellt und mit farbigen Glaskugeln, bunten Papierketten, Christkindlhaar, Äpfeln, Kringeln, vergoldeten Nüssen und vielen strahlenden Kerzen liebevoll geschmückt worden. Der unnachahmliche Duft von Wachskerzen, Äpfeln, Schokolade, Gebäck und dem frischen Tannengrün stand im Raum. Die Familienbande hatten sich bewährt, und der Sohn im fernen Ottawa sowie die emigrierte Verwandtschaft in Schweden und natürlich auch die UNRRA hatten ihren Teil beigetragen. Anstatt eines Gabentisches war liebevoll eine festliche Kaffeetafel gedeckt worden. Es gab Herrentorte, Zarentorte, Kümmelkuchen, Anisplätzchen, Sakuskas, verschiedene

Schnäpse. Wir durften essen und trinken, soviel und solange wir wollten. Frau F. schenkte uns eine Tasse Kakao ein. Es war aber wohl mehr eine Trinkschokolade, so zäh lief das edle Getränk in die Tasse. Ich hatte gerade die Hälfte davon ausgetrunken, da verspürte ich bereits ein Sättegefühl. Das konnte und durfte doch einfach nicht wahr sein! Mich gelüstete es dann nach einem Stück Zarentorte. Gerade die Hälfte davon schaffte ich, doch dann streikte mein ausgezehrter Magen, und «nichts ging mehr». Meiner Schwester und meinem Vater erging es ebenso: Die Augen wanderten in einem wirklichen Schlaraffenland umher, wollten sich hindurchessen, aber die Natur in uns verfügte die totale Blockade. Wir waren dieses Essen nicht mehr gewohnt. Tag für Tag bekam ich von der Wirtschafterin eine Doppelscheibe Kommißbrot mit Vierfruchtmarmelade. Das für den nächsten Tag bestimmte Frühstück aß ich oft schon abends auf. Wer einmal wirklich gehungert hat, weiß, daß man sehr langsam, bedächtig und bewußt ein Stück Brot so lange kauen kann, bis es sich verflüssigt zu einer süßen Masse. Es gab am nächsten Tag ja noch die Schulspeisung ...

Doch Frau F. zeigte sich auch hier mitfühlend und war voller mütterlicher Fürsorge. Wir bekamen von dieser schönsten Kaffeetafel aller Zeiten noch so viel mit auf den Weg, daß es für die nächsten Tage reichte.

Wie vielen anderen kleinen Nachkriegsfirmengründern ging es auch meinem Vater. Er hatte gegenüber der gewaltigen Konkurrenz der Tauwerksfabriken keine Chance und gab den Betrieb 1949 wieder auf.

Auch die «DPs» integrierten sich im Nachkriegsdeutschland oder nutzten Quoten und wanderten aus. Viele fanden in Kanada, den USA oder Australien eine neue Heimat. Der Sohn der Familie F. war inzwischen in den Staaten ein bekannter Arzt geworden. Er holte seine Eltern nach und gab ihnen ein neues Zuhause. Bis in die späten sechziger Jahre hielten wir noch brieflichen Kontakt. Dann verstarb Juris

Freimanis, dessen Identität ich hier als Beispiel für wahre Freunde und Helfer in der Not preisgebe und damit für alle Zeiten der Nachwelt erhalte.

Waldtraud Widany

Ein bißchen Zeit

Was schenk ich dir, mein Kind?
Zur Weihnachtszeit. –
Ein neues Rad, ein gutes Buch,
einen ganzen Sack voll Nüsse?
Schön bunt verpackt,
mit großer roter Schleife. –
Gerad hast du mich angelacht,
und mir fällt ein:
Ich schenk dir was von meiner Zeit
Und ein Abonnement auf Liebe.

Doris Becker

Stille Nacht, heilige Nacht

Am liebsten würde Anja mit ihrem Hund Toni in die Berge fahren, um ganz in Ruhe das Weihnachtsfest zu verbringen. Das Jahr hatte ihr viele unerfreuliche Begegnungen beschert, und sie hatte nur noch den Wunsch: «Raus aus diesem Alltag!»

Sie saß auf der Couch, blätterte durch Reiseprospekte und bekam die schönsten Anregungen präsentiert. Auf ihrem Schoß ruhte der Kopf ihres Hundes Toni, der sie erwartungsvoll und bittend ansah. Es war selbstverständlich, daß Anja ohne Toni nicht fahren würde, dennoch nahm er hellwach jede ihrer Bewegungen wahr. Ein kleiner verschneiter Ort erweckte ihre Aufmerksamkeit, und ihr Entschluß stand fest.

Am nächsten Tag packte Anja den Koffer. Sie verstaute ihn, zusammen mit den Futternäpfen für Toni, im Auto, setzte sich ans Steuer und fuhr Richtung Tirol.

In einem kleinen Bergdorf bekam sie ein Zimmer. Sie und Toni fühlten sich in dem hübsch eingerichteten und weihnachtlich geschmückten Raum sofort zu Hause.

Nachdem der Koffer ausgepackt war und Toni seinen Futterplatz zugewiesen bekommen hatte, machten beide den ersten Spaziergang. In der Nacht hatte es Neuschnee gegeben. Es war sehr kalt, und jeder Schritt im Schnee wurde von einem Knirschen begleitet. Der Himmel war blau, die Sonne schien, und Anja sog die klare Luft tief in sich ein. Toni sprang in den Tiefschnee und wedelte begeistert zu ihr hinüber. Um ihm noch mehr Freude zu bereiten, formte sie einen Schneeball, warf ihn weit weg und amüsierte sich, wie der kleine Kerl laut kläffend nach dem Ball suchte.

Als er neben dem Ball bellend stehenblieb und sie herausfordernd ansah, ging sie nachsehen, was er wohl entdeckt haben konnte. Es war ein kleiner Igel, der sich zusammengerollt hatte und im Schnee eingeschlossen war. Toni sah sie an, als wollte er sagen: «Den können wir nicht hier liegenlassen!» Sie hob das leichte kleine Geschöpf auf, wickelte es in einen Schal und nahm es mit in ihre Pension. Die Gastfamilie hatte sofort einen guten Platz zum Überwintern in der Scheune vorbereitet, wo er hingebettet wurde.

Jeden Tag, vor dem Spazierengehen, ging Anja mit Toni erst einmal nachsehen, wie es dem Findelkind ging. Toni sah sie an, wedelte mit dem Schwanz, sprang bellend an ihr empor, als wollte er sagen: «So ist es gut.» Dann gingen sie hinaus in die klare Winterlandschaft.

Der Schnee lag auf den Tannen, und schwer wippten die

Zweige im Wind. Zügig schritten sie durch den verschneiten Wald, der kleinen Kapelle entgegen.

Es war Heiligabend. Die Glocke der kleinen Waldkapelle kündete die Christmesse an. Die Bewohner des Dorfes trafen durchgefroren ein und setzten sich in die Bänke. Der Duft der geschmückten und mit Kerzen reichbestückten Tanne erfüllte den Raum und erleuchtete die darunterstehende Krippe. Anja sah sich langsam in der Kapelle um. Sie fühlte sich leicht. Liebgewordene Weihnachtsbräuche und die Stille um sie herum legten sich beruhigend auf ihre Seele. Als sie nach der Andacht mit Toni die kleine Kapelle verließ und durch den verschneiten Wald stapfte, wurde sie noch lange von der Orgel, die «Stille Nacht, heilige Nacht» spielte, begleitet. In der Scheune sahen sie noch einmal nach dem kleinen Igel, der wohlig zusammengerollt seinen Winterschlaf genoß.

Während die Bratäpfel im Rohr dufteten, spielte Anja auf ihrer Flöte, die sie von zu Hause mitgebracht hatte, Weihnachtslieder. Danach setzte sie sich mit der Familie um den Kachelofen, und sie verzehrten die Bratäpfel. Toni bekam wie jedes Jahr ein Würstchen. Er legte sich zu Anjas Füßen, sah sie an und brummte voll Wohlbehagen. Anja lächelte Toni an, kraulte sein weiches Fell, und beide genossen die Stille der Heiligen Nacht.

Michael Walter

Wie es drei Händlern in der Heiligen Nacht erging

(Eine Sage)

Vor langer langer Zeit waren am 24. Dezember noch drei wandernde Händler unterwegs: ein Tabak-, ein Lebkuchen- und ein Nußhändler. Sie kanen aus verschiedenen Richtungen und hatten verschiedene Ziele. Und doch hatten sie eines gemeinsam: ihr Weg führte sie durch das Erzgebirge. Hier trafen sie einander und beschlossen, den beschwerlichsten Weg (durch eine winterliche Einöde, in der es, so weit das Auge reichte, weder Haus noch Hof gab) gemeinsam zu gehen. Gegen Mittag setzte wieder heftiger Schneefall ein. Der Weg wurde von Minute zu Minute beschwerlicher, denn von Minute zu Minute wurde der Schneefall dichter und die Beine der drei Händler schwerer unter der Last ihrer riesigen Körbe, die sie auf dem Rücken trugen. Denn da sie an diesem kalten Tag kaum mehr etwas hatten verkaufen können, waren diese auch noch fast gefüllt.

Am Nachmittag bestand keine Aussicht mehr, daß die drei an diesem Heiligabend noch ihre Heimatdörfer erreichten.

Es begann zu dämmern, und man mußte die Nacht wohl im Freien verbringen.

Da tauchte vor ihren Augen aus den weißen, aus Schneeflocken gewebten Tüchern, eine kleine Blockhütte auf. Sie schien unbewohnt, sah aber dennoch einladend aus.

«Hier wollen wir die Nacht verbringen», sagten die drei Händler zu sich.

Als sie näher traten, gewahrten sie ein Schild, das an der Haustür angebracht worden war und auf dem zu lesen war:

«Dies ist ein weihnachtliches Haus. Wer hier übernachten – und die Nacht überleben will – darf weder etwas Falsches tun noch etwas Falsches sagen!»

«Was immer das bedeuten mag, wir bleiben hier», beschlossen die drei Händler. Und der Nußhändler fügte hinzu: «Am besten wäre es, wir sagten überhaupt nichts und täten nur das, was unserem Beruf enspricht», womit er meinte, daß sie sich alle ihren Waren widmen sollten.

«So kann ich wenigstens meine Nüsse selber essen und brauche morgen nicht mehr soviel zu schleppen», sagte der Nußhändler, der übrigens ein sehr geiziger und recht boshafter Mann war.

Und so setzten sich die drei an einen Tisch und widmeten sich den verschiedensten Tätigkeiten: Der Nußhändler begann damit, sich immer eine Handvoll Erdnüsse aus seinem Korb zu nehmen, vor sich auf den Tisch zu legen, zu knacken und zu essen. «Man muß Nüsse essen wie ein Vogel», sagte er, «stets knacken und essen, knacken und essen und nicht wie die Eichhörnchen etwa auf Vorrat knakken.»

Der dicke, gemütliche Tabakhändler steckte sich sein Pfeifchen an, rauchte und sagte erst mal nichts.

Und so saßen sie die ganze Nacht hindurch:

Der Nußhändler knackte und aß seine Nüsse, ohne den anderen davon abzugeben. Der Tabakhändler steckte sich ein Pfeifchen nach dem anderen an und rauchte seinen Tabak, ohne die anderen auch einmal rauchen zu lassen. Nur der Lebkuchenhändler bot von seinen Lebkuchen an, ohne selbst davon zu essen.

Die seltsamen Handlungen des Nußhändlers und des Tabakhändlers geschahen natürlich nur aus der Furcht heraus, das Falsche zu sagen oder zu tun, wobei keiner der drei Männer so recht wußte, was denn das Falsche sei, das man hier nicht tun durfte.

Als dem Nußhändler nach einiger Zeit die Finger vom Nüsseknacken schmerzten, begann er damit, sie mit den Zähnen zu knacken. «Das geht viel besser», freute er sich.

Der Tabakhändler übte sich im Bilden von allerlei Rauchkringeln und -ringen und interpretierte in den Rauch, den er tatsächlich ausstieß, die abenteuerlichsten Wesen hinein.

Nur der Lebkuchenhändler blieb nicht ruhig. Er ermahnte die beiden Reisegefährten, doch auch einmal daran zu denken, daß heute die Heilige Nacht sei, in der Gottes Sohn geboren wurde. «Daran denken wir die ganze Zeit!» riefen der Nüsseverkäufer und der Tabakhändler fast gleichzeitig aus und widmeten sich schnell wieder dem Nüsseknacken und dem Rauchen.

«Ihr denkt doch nur an euch und wie ihr diese Nacht übersteht», entgegnete der Lebkuchenhändler.

«Ich an deiner Stelle würde nicht soviel reden», sagte der Nußhändler. «Es könnte das Falsche dabeisein.»

«Wir wollen in dieser Nacht lieber nicht streiten», sagte der Lebkuchenhändler und stimmte leise ein Weihnachtslied an. «Jetzt singt er auch noch», lästerte der Nußhändler. «Nun, er wird sehen, was er davon hat und wer von uns dreien hier lebend herauskommt.»

Da sich der Lebkuchenhändler auf keinen Streit einließ, widmeten sich die beiden anderen Männer bald wieder ihren ewig gleichen Tätigkeiten: Rauchen und Knacken, Rauchen und Knacken. Daß der Tabakhändler dabei die kostbare Atemluft verdarb, störte ihn nicht.

«Wenn doch aus deiner Pfeife wenigstens ein wohlduftender Rauch aufsteigen würde», sagte der Nußhändler.

«Und wenn du deine Nüsse doch auch für andere knacktest als nur für dich selbst», sagte der Tabakhändler.

Der Lebkuchenhändler betete im stillen für das Leben der beiden. Es tat ihm in der Seele weh, daß sie das Weihnachtsfest so mißachteten. Immer wieder forderte er sie auf, mit in seine Weihnachtslieder einzustimmen, doch sie verspotteten ihn nur. Und wenn er anhob, eine Weihnachtsgeschichte zu erzählen, sagten sie: «Rede nicht soviel. Es könnte das Falsche dabeisein.»

So verging die Christnacht in dem einsamen Häuschen. Als der Morgen graute und sich der Lebkuchenhändler mit dem Nuß- und dem Tabakhändler auf den Weg machen wollte, packte ihn das blanke Entsetzen.

Die beiden saßen auf ihren Stühlen wie tot. Und bei jedem von ihnen hatte sich eine eigentümliche Verwandlung vollzogen: Das Gesicht des Nußhändlers ähnelte mehr einer hölzernen Maske des Schreckens als dem Gesicht eines Menschen. Es hatte sich in die Länge gezogen, und der Mund war zu einem großen viereckigen Gebilde geworden, zwischen dessen Kiefern eine Walnuß steckte. Die spitze Nase des Nußhändlers besaß nun eine gewisse Ähnlichkeit mit dem spitzen Schnabel eines Vogels. Der Lebkuchenhändler hörte sie förmlich sagen:

«Man muß Nüsse wie ein Vogel essen: knacken und essen, knacken und essen.»

Beim letzten «Knacken und essen» klackte der Unterkiefer des Nußhändlers nach unten, und die Walnuß fiel direkt vor des Lebkuchenhändlers Füße, der sich in seinem Schrecken nicht rühren konnte.

Er sah zum Tabakhändler hinüber. Dieser hatte sich nicht so stark verändert wie der Nüsseverkäufer. Er war noch genauso dick wie vorher. Seine Augen blickten den Lebkuchenhändler freundlich an. Auch die Pfeife steckte ihm noch im Mund, der jetzt jedoch stets geöffnet blieb, ja eine geradezu wohlgeformte Öffnung aufwies. Daraus hervor quoll ein nie abreißender Rauchfaden, der allerdings nicht mehr nach Tabak roch, sondern – nach Weihrauch duftete.

Als sich der Lebkuchenhändler von seinem Schreck so weit erholt hatte, daß er sich wieder bewegen konnte, machte er auf der Stelle kehrt und rannte, so schnell ihn seine Beine trugen, in das nächstgelegene Dorf, um zu berichten, was ihm widerfahren war. Natürlich schenkte niemand seinen Worten Glauben (zumal niemand je von einem einsamen Haus in der Gegend gehört hatte), bis einige mutige Dorfbewohner (unter ihnen der Pfarrer und ein Arzt) selbst zu dem einsamen Haus gelangten und darin die schrecklich seltsamen Gestalten sahen, die einmal ein Nuß- und ein Tabakhändler gewesen waren.

Die Furcht der Menschen vor den Mächten des Bösen, die hier natürlich ihre Hände mit im Spiel gehabt haben mußten, war damals so groß, daß man sogleich beschloß, das ganze Haus niederzubrennen.

Doch als die Dorfbewohner mit ihren Fackeln an den Ort zurückkamen, war das Haus mitsamt dem Nuß- und dem Tabakhändler verschwunden. Es wurde auch nie wieder gesehen.

Zum Andenken an die grauenvollen und unerklärlichen Ereignisse dieser Christnacht werden seitdem, jedenfalls im Erzgebirge, die vortrefflichsten Nußknacker und Räuchermännchen hergestellt.

Nun werden Sie fragen: Und was ist aus dem Lebkuchenhändler geworden? Erhielt er wenigstens eine Belohnung? Vielleicht fand er statt der Lebkuchen Goldbarren in seinem großen Korb?

Ich kann Ihnen auf all diese Fragen leider keine Antwort geben.

Fest steht, daß ihm sein Leben geschenkt wurde. Und das ist, denke ich, viel kostbarer als Gold.

Außerdem ist die Geschichte von der Entstehung des Lebkuchenmannes eine ganz andere ...

Ulfert B. Nanninga

Die unverwüstliche Eisenbahn

«Ach du lieber Himmel, da hast du ja aus deiner Küche eine richtige Schreinerwerkstatt gemacht!» Mit diesen Worten betrat ich in der Vorweihnachtszeit eines Abends die Wohnung meines Freundes.

«Pst, pst, leise, vielleicht schlafen die Kinder noch nicht», sagte mein Freund, «und ich habe noch so viel zu basteln, daß ich kaum bis Weihnachten fertig werde. Der Wunschzettel der drei Buben an das Christkind ist so lang, daß man sich schon den Kopf zerbrechen muß, welchen Wunsch man erfüllen kann. Hier ist der Zettel von dem Ältesten, da kannst du dir mal einen kleinen Begriff von meinen Sorgen machen.» Dabei reichte er mir den Zettel mit den von der Mutter zu Papier gebrachten Wünschen.

Mein Blick glitt über die Zeilen, eine «Puff-Puff-Eisenbahn», einen Möbelwagen mit zwei Schimmeln, eine «Monika» (gemeint war natürlich eine Mundharmonika), ein Auto, einen Tretroller, einen Fußball, ein Bilderbuch, eine Peitsche und einen Pferdestall. Dann folgte noch eine ganze Reihe nützlicher Dinge, von der Wildlederhose bis zum Trainingsanzug.

Schmunzelnd legte ich den Zettel auf den Tisch. «Ja, lieber Freund, deine Sorgen in Ehren, wenn die Wünsche der beiden anderen Buben auch so bescheiden ausfallen, dann laß ruhig noch ein paar Festmeter Tannenholz anfahren.»

Und nun mußte ich mir all die Sachen ansehen, die unter dem Schnitzmesser und Hobel meines Freundes mit viel Geschick und Liebe schon entstanden waren.

«Das hat ja schon alles viel Mühe und Arbeit gekostet», sagte ich, «vor allen Dingen hier, die Lokomotive.» Ich nahm das Prachtstück in die Hand und betrachtete es von allen Seiten.

«Und worauf es ankommt – stabil!» sagte mein Freund. «Stabil und unverwüstlich, sage ich dir. Mit dem Auseinandermontieren wird es diesmal nichts, alles niet- und nagelfest. Weißt du, im vergangenen Jahr hatten wir eine Lokomotive gekauft, die hatte aber nur eine Lebensdauer vom Heiligen Abend bis zum zweiten Weihnachtstag, da war sie in sämtliche Bestandteile zerlegt. Aber an dieser haben sie nächstes Jahr Weihnachten noch ihre Freude. Dann wird sie neu lackiert, und der zweite bekommt sie. Diese geht nicht in die Brüche, das kann ich dir versichern.»

Und dann kam Weihnachten. Am zweiten Weihnachtstag machte ich meinen Besuch. Die Kinder waren außer Rand und Band, und ich mußte mir nun all die schönen Sachen ansehen, die das Christkind beschert hatte. Besonders die «Puff-Puff-Eisenbahn» hatte es ihnen angetan und wurde wild hin und her gezogen, daß es nur so über den Fußboden rasselte.

Dann bat mich mein Freund zu einem gemütlichen Plauderstündchen ins Wohnzimmer. Seine Frau war für kurze Zeit zu einer Nachbarin gegangen, und so blieben die Kinder in der Küche sich selbst überlassen. Während mein Freund und ich eine «Havanna» genossen und uns einen guten Tropfen schmecken ließen, schien die Ausgelassenheit in der Küche ihren Höhepunkt erreicht zu haben. Die Eisenbahn rasselte unaufhörlich über den Fußboden, aus der Mundharmonika quollen die tiefen und hohen Töne wild durcheinander. Dazwischen hörte man die Kegelkugel so in die «Vollen» rollen, um an der Schranktür abzuprallen, es rumste und donnerte. Bis es meinem Freund doch etwas zu arg wurde und er ganz energisch Ruhe gebot. Die Reaktion blieb auch nicht aus, die Bilderbücher wurden hervorgeholt, und die Kinder waren die artigsten Geschöpfe der Welt.

Während mein Freund und ich uns wieder in unser Gespräch vertieften, herrschte in der Küche eine himmlische Ruhe. Nur dann und wann vermeinte ich ein Händeklatschen zu vernehmen. Dann wollte ich aufbrechen. Mein Weg führte mich wieder durch die Küche. Doch was mußten wir da sehen. Ich dachte, der Schlag hätte meinen Freund getroffen, als wir begriffen, was sich uns darbot. Da saßen die drei Buben vor dem geöffneten Herd, und der Feuerschein spiegelte sich in den strahlenden Gesichtern. Wir kamen hinzu, als gerade der letzte Anhänger der «Puff-Puff-Eisenbahn» in den Tunnel des allesfressenden Herdfeuers eingefahren wurde. Der frische Lack war natürlich ein willkommenes Fressen. Die drei Buben klatschten vor Vergnügen in die Hände, und der Kleinste sagte unschuldsvoll: «Papi, tuck mal, das bennt!»

Und alle Hoffnungen meines Freundes auf die «unverwüstliche Eisenbahn» waren dahin.

Wilhelm Bootsveld

Bittermandelaroma

Ich glaube, jeder Mensch hat eine besondere Leidenschaft oder gar Sucht, der er – je nach Charakterstärke – mehr oder weniger ausgeliefert ist. Meine große Leidenschaft ist das Naschen von Marzipan. Das Verlangen nach Bittermandelaroma macht mich irgendwie süchtig, und so vergeht keine Woche, in der ich nicht Marzipan in irgendeiner Machart zu mir nehme. Und das, solange ich denken kann!

In dem Kriegsjahr 1943 war es meiner Mutter durch den Eintausch von selbstgestrickten Kindersöckchen gelungen, für die Weihnachtsbäckerei ein paar Fläschchen Bittermandelaroma zu ergattern. Sie kennen diese kleinen Glasampullen, deren Inhalt es ermöglicht, einem Kuchen oder Gebäck jede gewünschte Geschmacksrichtung zu verleihen.

Mutter hatte in der Ermangelung von echten Zutaten ein

eigenes Rezept zur Herstellung von Marzipan erfunden. Dem Brei aus Grießmehl, Zucker und Kondensmilch wurde das Bittermandelaroma zugesetzt. Er wurde zu kleinen Kugeln geformt und bei schwacher Hitze in einem mit Torf und Schlammkohle beheizten Herd gebacken. Da ich nie «echtes Marzipan» gekostet hatte, war das eine Köstlichkeit, von der mein Kindergaumen verzaubert war. Aber es war Kriegszeit, und immer wurde mit allem gespart, und es wurde von allem immer etwas zurückgelegt für noch schlechtere Zeiten.

Vater war an der Kriegsfront, und Mutter schaffte es, sich und mich schlecht und recht durchzubringen. Darüber hinaus gelang es ihr immer wieder, auch für Vater ein Paket zu packen und an die Front zu schicken, denn «den Soldaten geht es noch schlechter als uns hier in der Heimat»!

So wurden am Weihnachtsabend vom Christkind bei der Bescherung drei Teller gefüllt, einer für mich, einer für Mutter und selbstverständlich auch einer für Vater. Auf allen drei Tellern waren genau abgezählt die gleichen Kostbarkeiten: zehn Scheiben Trockenobst, zehn Spekulatius, acht Haselnüsse, fünfzehn Plätzchen und zwanzig Kugeln Marzipan.

Auf einem Tannenzweig flackerten drei Kerzen, die auch schon im vergangenen Jahr einige Minuten die Weihnachtsstube erhellt und die Krippenfiguren aus beklebten Sperrholzplättchen beschienen hatten. Das Engelshaar aus Glaswolle, das man nur mit Handschuhen auf den Tannenzweig legen konnte, sonst zog man sich böse Schnittverletzungen an den Fingern zu, hatte ebenfalls schon einige Weihnachten erlebt.

Alle diese Festaccessoires, die mich in den vergangenen Jahren so beeindruckt hatten, ließen mich in diesem Jahr kalt. Die Marzipankugeln verzauberten mein kindliches Wesen. Gedankenverloren schob ich mir eine Kugel nach der anderen in den Mund. Die meisten dieser Kugeln waren wohl nicht bei schwacher Hitze gebacken, kein Wunder bei dem Heizmaterial. Sie waren fest und hart geworden und fühlten sich zwischen Gaumen und Zunge wie kleine Steine oder Betonbrocken an. Aber das war durchaus kein Manko, im Gegenteil, so hart, so fest, das bedeutete, man konnte unendlich lange daran lutschen und dieses herrliche Aroma genießen. Doch bald kam schon Mutters Standpauke, doch nicht alles auf einmal zu vernaschen. «Denk auch an die nächsten Tage, dann magst du sie auch noch gern!» So wurde Mutters Weihnachtsteller in ihr Nachtschränkchen gesetzt und mein Teller in mein Nachtschränkchen.

Vaters Teller wurde in eine rot-weiße Blechbüchse gefüllt, von der das strahlende Gesicht einer alten, Malzkaffee trinkenden Frau herüberlachte, um das nächste Frontpaket zu ergänzen. Diese Büchse stand immer in der rechten hinteren Ecke auf dem Kleiderschrank im Schlafzimmer. Die Dose war nicht verschlossen. Der Deckel klemmte ein bißchen, aber ein siebenjähriger Junge konnte sie durchaus öffnen.

Schon am Abend des zweiten Weihnachtstages waren meine zwanzig Marzipankugeln verzehrt. Aber wie es bei jeder Begierde ist, die Sucht ist nicht gestillt, sondern verstärkt sich. Mutter anzubetteln wagte ich nicht. Sie, die immer so diszipliniert war und vielleicht eine Kugel am Tag lutschte oder ein Plätzchen naschte, hatte mich ja gewarnt, nicht gierig alles sofort aufzuessen. Und heimlich eine Kugel von ihrem Teller zu stehlen ... nein, das macht man nicht. «In diesen schlechten Zeiten bestiehlt man seine Mitmenschen erst recht nicht!» Außerdem wäre das ja sofort aufgefallen.

Die rot-weiße Blechdose auf dem Schrank leuchtete verführerisch zu mir herüber. Die alte, Malzkaffee trinkende Frau nickte mir zu: «Du darfst gern eine Kugel nehmen ...!» – «Den Soldaten geht es noch schlechter als uns hier in der Heimat!» – «Es fällt ja nicht auf, wenn eine Kugel fehlt», murmelte die Alte. Sicher würde Mutter die Kugeln nicht zählen, wenn sie das Frontpaket packen würde. «Vielleicht hat sie sich schon beim Einfüllen verzählt», zerstreut die Alte meine Bedenken. «Aber Soldaten liegen in Schlamm und

Kälte und winden sich vor Hunger.» – «Eine Kugel mehr oder weniger...»

Mutter löst mich ab vom Schlangestehen vor dem Bäckerladen. Mich fröstelt. Schon zweimal war die Schlange vor dem Bäckerladen auseinandergestoben und in die Luftschutzbunker geflohen. «Heiz den Ofen an, verbrauch aber nicht soviel Holz beim Anzünden!»

Zu Hause lacht mich die Frau von der rot-weißen Blechbüchse an. Den Küchenstuhl ins Schlafzimmer schleppen, das Fußbänkchen darauf stellen, hochklettern, Dose öffnen, eine Kugel herausnehmen, zwischen Zunge und Gaumen Bittermandelaroma spüren ... das ist das Paradies. Einmal ist keinmal. Aber Soldaten liegen in Schlamm und Kälte und winden sich vor Hunger. Eine Kugel mehr oder weniger...

Die Bombenangriffe auf unsere Stadt mehren sich. Die zweite Klasse hat schulfrei bekommen. Nur die älteren Schüler, die schon allein beim Voralarm in die Luftschutzbunker flüchten können, haben noch Unterricht. Die Wasserversorgung ist zusammengebrochen. «Nimm den Eimer und die Gießkanne und stell Dich bei Fleischers zum Wasserholen an. Ich bin zu Bauer Strotmann gefahren und hole eine Kanne Milch», steht säuberlich in lateinischer Schrift auf dem Zettel, damit ich es lesen kann.

Das Haus ist leer. Den Küchenstuhl ins Schlafzimmer schleppen, das Fußbänkchen darauf stellen, hochklettern, Dose öffnen, eine Kugel herausnehmen, zwischen Zunge und Gaumen Bittermandelaroma spüren ... die Alte grinst wie eine Hexe von der Blechdose. Na, ob nun eine oder zwei Kugeln fehlen. Die Soldaten!

Gestern abend habe ich die letzte Marzipankugel aus der Blechdose gestohlen. In der Nacht kaum geschlafen, viel geträumt, die rot-weiße Hexe reißt mir eine Kugel aus dem Mund und wirft sie in den Schlamm. Ein ganzer Trupp Soldaten stürzt sich auf die Kugel. Beim Frühstück eröffnet Mutter mir, daß heute nun das Paket für Vater gepackt werden muß. Mir bleibt der Frühstücksbissen im Halse stecken. Ich habe Fieber und Hautausschlag. Mutter will kalte Wadenwickel anlegen, da gibt es Voralarm, sofort darauf Hauptalarm. Zum Luftschutzbunker schaffen wir es nicht mehr. Wir flüchten uns in das Nachbarhaus, wo schon viele Menschen zusammenhocken. Diesmal ist unser Stadtteil vom Luftangriff betroffen. Rechts und links schlagen Volltreffer ein. Schreie gellen durch den Keller, Gebetsfetzen. Mutter drückt mich fest. «Gleich sehen wir uns im Himmel wieder!» Ich habe keine Angst. Wenn doch die rot-weiße Hexe nicht so laut kreischen würde. Da trifft es auch uns. Volltreffer. Wir sind unter Trümmern eingeschlossen. Es wird still im Keller. Mutter lebt, ich spüre den Atem, ich höre ihr Schluchzen. «Ich liebe dich, mein Schatz.» – «Ich liebe dich auch.»

Nach Stunden werden wir ausgegraben, kaum verletzt. Aber unser Haus steht nicht mehr. Ein Trümmerhaufen, aus dem Balken wie drohende Finger in den Himmel zeigen. Da, auf einem Mauerrest liegt ein Stück von der zerfetzten Blechdose, von der das strahlende Gesicht einer alten, Malzkaffee trinkenden Frau zu mir herüberlacht. Mutter schreit vor Wut und Entsetzen, das Haus, die Mühen eines Lebens sind zu einem Haufen Schutt geworden. Ich lache, kein Fieber, kein Hautausschlag. Ich bin kein Marzipandieb, der Soldaten bestiehlt.

Peter Wrede

Es gab wirklich keinen Platz

Es liegt nun schon bald fünfundzwanzig Jahre zurück, und unsere Familie war nach einem längeren, beruflich bedingten Auslandsaufenthalt endgültig auseinandergebrochen, als Weihnachten nahte. Da wir uns wenig Gedanken gemacht hatten, was eine Scheidung – mit schon sichtbarem neuen «Stiefvater» – für die Kinder bedeutete, hatten wir Eltern die brillante Idee (so dachten wir), einen Teil des Heiligen Abends und die Bescherung mit den Kindern wie früher zu verbringen. Wir lebten damals schon in verschiedenen Ländern, und so kam ich denn zu meinem Besuch an, als es schon langsam dämmerte – ich hatte mir einen Wagen am Flughafen genommen.

Ich hatte die Kinder und ihre Mutter, die eigentlich mehr auf den später noch kommenden Freund wartete (wenn unsere «Bescherung» vorbei war), seit einigen Wochen nicht mehr gesehen, und so war es von daher schon eine gespannte Atmosphäre. Aber nachdem wir die Fragen der Kinder, warum ich denn nicht im gleichen Haus eine eigene Wohnung nehmen würde, wenn wir Eltern schon nicht mehr zusammen leben wollten, geduldig, aber auch hilflos, zu beantworten versuchten, wurde es dann doch noch für kurze Zeit fast wie «früher»: Wir tranken Tee und aßen Weihnachtsgebäck zusammen, dann wurde der Tannenbaum, diesmal nicht von mir geschmückt, angezündet. Um den Mistelzweig, der von der Lampe herunterhing, machten wir beide wohl nicht zufällig einen weiten Bogen – an Küssen dachte hier wohl jetzt niemand. Die Kinder konnten ihre Geschenke auspacken – erst viel, viel später fiel mir ein, daß wir vorher nicht die üblichen Weihnachtslieder gemeinsam gesungen hatten.

Wenn ich an so manche Dinge denke, von denen ich heute bei ähnlichen Situationen höre, dann finde ich es auch nachträglich noch das Beste an diesem Abend, daß wir als Eltern nicht versuchten, die Kinder mit großen Geschenken zubestechen.

Wir hatten vorher ausgemacht, daß ich um 9 Uhr «gehen müssen» sollte, und so stand ich dann für mich unbedacht plötzlich auf der Straße im seit Stunden schon fallenden Schnee, der seine Zuckerschicht über das Land und den kleinen Ort gelegt hatte. Welch ein Kontrast zwischen dem schönen Bild und dem Schmerz, der Traurigkeit und der Leere, die ich nun in mir spürte. Viele Jahre noch mußte ich die Erinnerung an diesen Abend verdrängen, erst als die Kinder erwachsen waren und wir miteinander diese Zeit «aufarbeiten» konnten, durfte sie Teil dessen werden, was ich mein Leben nennen darf.

Ich hatte mit meiner Exfrau vereinbart, daß ich die beiden Kinder am nächsten Vormittag abholen würde, um noch bis zum Jahreswechsel einen Skiurlaub im Norden des Landes zu machen. Deshalb wollte ich am Ort übernachten, hatte aber kein Hotel gebucht – meine Vorstellung war, daß ich an einem solchen Tag wohl keine Schwierigkeiten haben würde, ein Zimmer zu finden.

Aber seit jenem Abend weiß ich auch hier mehr. Die ersten beiden Hotels, die ich fand, hatten ein Schild «Closed for Christmas» – über Weihnachten geschlossen – an der Tür. Ein drittes Haus war zwar voll erleuchtet und fröhlicher Lärm drang heraus, aber hier war man schon seit Monaten bis auf das letzte Bett ausgebucht, wußte auch kein anderes Hotel mehr im Ort oder in der Nähe.

Da stand ich also nun auf der Straße und war ziemlich ratlos, bis mir einfiel, daß vor Jahren irgendwo im warmen Süden, sicher bei Sonne und einem guten Glas Wein, das Gespräch darauf gekommen war, daß man als Bürger in diesem Land das Recht hätte, in der Arrestzelle einer Polizeiwache zu übernachten, wenn man kein Quartier finden konnte, auch wenn man das Geld dafür in der Tasche hat.

So suchte ich also die Polizeiwache des Ortes – wie gut, daß es sie damals noch gab (und nicht, wie oft heute, nur einen Telefonanschluß zur nächsten, oft viele Kilometer entfernten besetzten Wache). Die Männer, sie hatten es sich mit Tee und Gebäck wohl ein wenig weihnachtlich gemacht, staunten nicht schlecht, als sie Besuch bekamen. Und als ich sie dann fragte, ob auch Ausländer das «Zellenrecht» in Anspruch nehmen dürften – es gäbe nämlich kein offenes Hotel im Ort –, schauten sie mich an, als sei der Weihnachtsmann in die Wache gekommen. Aber sie erholten sich schnell, boten mir von ihrem Tee und den Keksen an (ich merkte dabei, daß ich langsam auch ziemlich hungrig war) und wollten erst einmal von mir wissen, wie man in so eine Lage kommen kann (ob es wohl im Protokollbuch steht?).

Wir einigten uns dann, daß ich bei ihnen schlafen dürfte, aber sie wollten erst noch einmal ein Hotel versuchen, das 10 km entfernt an der Autobahn gerade neu aufgemacht hatte. Dort wäre es bestimmt bequemer.

Das Hotel, ein Fünf-Sterne-Haus, in das ich sonst sicher nie eingekehrt wäre, war geöffnet und hatte auch noch Zimmer frei. So fuhr ich denn hin, inzwischen ging es schon auf Mitternacht zu, und hatte bald ein warmes Zimmer mit amerikanischen Ausmaßen, einem großen Bad und sehr einladendem Bett. Doch es war auch ein etwas unheimliches Gefühl: neben mir waren wohl nur noch zwei andere Gäste im Haus, die nach dem Abendessen gleich ins Zimmer gegangen waren. Auf meine Frage nach etwas Eßbarem, sagte mir der Nachtportier, der mir mit dem Zimmerschlüssel eine Flasche Piper-Heidsieck als Weihnachtsgeschenk des Hauses übergeben hatte, daß die Küche geschlossen sei und er nur noch ein paar Nüsse und ein Sandwich (in Plastikfolie) im Kühlschrank der Bar gesehen hätte. Dies wurde dann mit den Nüssen und der Schokolade mein Weihnachtsessen.

Dabei kamen wir noch ins Gespräch über früher, über «zu Hause» und was die Heilige Nacht den meisten Menschen heute noch bedeutet. Erst als wir dabei die Sprache gewechselt hatten, ohne es zu merken, fiel uns auf, daß wir beide Fremde waren in diesem Land, ja daß er mich vor zwei, drei Jahren in seiner Heimatstadt manchmal als Taxifahrer gefahren hatte (da ich dort recht bekannt war, hatte er mich schon gleich erkannt). Politische Gründe hatten ihn zur Flucht gezwungen, und er war dankbar, daß man ihm hier Heimatrecht gegeben hatte, «bis ich wieder heim kann». So haben wir dann noch ein wenig geplaudert.

Vor dem Einschlafen war mein letzter Gedanke, ob es wohl damals in Bethlehem auch so ähnlich war? Auf jeden Fall hat Weihnachten seitdem eine ganz andere Bedeutung für mich.

Reinhold Nisch

Epilog auf das 21. Jahrhundert

In allem Schnee
von gestern
ein einziger Gedanke:
Wird deine Seele
Weihnachten
aus der Kindheit hinüberretten?
Wird der Truthahn
noch wie bei Mutter schmecken?
Wird mir
Vater noch nicht verlorengehen?
Werden deine Liebsten
dir erhalten bleiben?
Werden die Kinder
noch kullerhaft
mit den blauen Augen
den Tannenbaum ertasten können?
Ja, dann hab ich
beruhigt gelebt!

Jutta Neher

Heiligabend

«Kommt», riefen die Glocken über die schneebedeckten Dächer der Stadt in die kalte Winternacht. «Eilt herbei und seht und hört. Weihnachten ist.» Christine verstand ihre Worte. Dies war der schwerste Abend, seit einigen Jahren schon. Sie war ausgerissen von zu Hause, wie die Bürgersprache es ausdrückte. Sie wollte dort nicht länger leben. Der tyrannische Vater, der sie und ihre Geschwister beschimpfte und schlug, wenn er sich über etwas geärgert hatte bei der Arbeit oder zu Hause. Die kränkelnde, leidende Mutter, der nichts recht zu machen war und die stets mit der Heimkehr des Vaters drohte. Der Streit zwischen den Eltern, der über den Tag herrschte – auch wenn Vater nicht anwesend war. Das alles war schon schwer genug. Doch als der Vater sich eines Tages eine Geliebte nahm, wurde das Leben so unerträglich, daß sie beschlossen hatte, fortzulaufen. Irgendwohin, nur fort. Weit fort. Fünfzehn war sie gewesen. Sie hatte ein paar Anziehsachen mitgenommen und ein paar Markstücke, die sie sich erspart hatte. Per Anhalter und zu Fuß war sie unterwegs und hatte sich bis heute mit Aushilfsarbeiten und Betteln durchgeschlagen. Dies war der dritte Winter, den sie fort war, das dritte Weihnachtsfest. Eng zog Christine ihren dünnen Mantel um sich. Ihre Füße waren gefühllos und die Hände steif vor Kälte. Sie hatte den Marktplatz erreicht. Die Buden des Weihnachtsmarktes waren abgebrochen. Dort hatte sie hin und wieder etwas zu essen bekommen und sich ein wenig aufwärmen dürfen, denn in der Weihnachtszeit sind die Menschen zugänglicher für die Not anderer und eher bereit, etwas zu geben. Eine Frau hatte ihr sogar angeboten, eine Nacht, in der der Sturm die Schneeflocken heftig über den Marktplatz und um die Straßenecken fegte, in der Holzhütte zu übernachten, damit sie geschützt wäre vor der Eiseskälte. Doch

Christine hatte abgelehnt. Lieber wollte sie draußen bleiben, – die nächste Nacht würde sonst nur um so schwerer zu ertragen sein.

Christine sah über den weiten, von alten, ehrwürdigen Patrizierhäusern umsäumten Platz. An seiner Ostseite befand sich die Kirche. Seit Stunden war sie durch die ruhige Stadt gelaufen, hatte versucht, hier und da einen Blick in Wohnungen zu werfen, etwas vom Weihnachtszauber und der Wärme drinnen zu erhaschen. Doch als es dunkel geworden war und die Lichter der Christbäume angezündet wurden, gingen in den meisten Häusern die Rolläden herunter. Was nicht dazugehörte, wurde ausgegrenzt. Fremd und einsam lagen ihre Schritte auf der Schneedecke der Straßen, doch nun hatten die Glocken sie gerufen. Schon lösten sich aus den umliegenden Häusern hier und dort kleine Gruppen oder kamen um die Straßenecken und strebten der Kirche zu. Warmer Lichtschein fiel aus der Kirchentür auf den Schnee, wenn sie sich öffnete, um die Besucher einzulassen. Ich werde auch hineingehen, sagte sich Christine. Dort kann ich mich ein wenig für die kalten Nachtstunden aufwärmen. Zögernd noch blieb sie einige Schritte abseits der Tür stehen. Manchmal sah jemand zu ihr hinüber, versehentlich. Sie war fremd und gehörte nicht zu jenen, die sich gegenseitig «Frohe Weihnachten» zuriefen. Als wieder einmal eine Familie die Kirchentür öffnete und eintrat, schlüpfte Christine schnell mit hinein. Warm schlug ihr die Luft entgegen. In der Nähe des Portals blieb sie für eine Weile stehen. Ihr Blick glitt durch die weihnachtlich geschmückte Kirche. Vorne im Chor stand ein mächtiger, hoher Tannenbaum, übervoll geschmückt mit großen und kleinen Strohsternen und vielen elektrischen Kerzen. Seitlich an der Wand, links vor dem Chor, stand eine große Schale mit einer üppigen Pracht roter Weihnachtssterne zu Füßen der Madonna; auf der gegenüberliegenden Seite, auf den Stufen des Chores, war die Krippe aufgebaut.

Langsam ging Christine den Mittelgang vor zur Krippe.

Sie bemerkte nicht, wie die Blicke der Kirchgänger ihr folgten. Ihr Mantel war recht abgetragen und fleckig, die Haare hingen ungepflegt herunter, und in einer ausgebeulten Plastiktüte trug sie ihr ganzes Hab und Gut mit sich. Eine eigenartige, eine außergewöhnliche Erscheinung in der Christmette, die nicht so recht in das Bild der Wohlanständigkeit und äußeren Feierlichkeit des Christfestes paßte. Zu Hause hatten sie nie eine Krippe gehabt. So war sie jedes Jahr zur Weihnachtszeit in die Kirche gegangen, um sie zu bestaunen. Wie heute am Christabend. In einem großen Holzstall kniete Maria, eingehüllt in einen weiten blauen Mantel, vor dem Kind in der Krippe. Joseph, ein alter Mann, stand hinter Maria und schaute andachtsvoll auf das Kind-Wunder. Hirten kamen gelaufen. Einer brachte dem Kind eine Schaffelldecke, damit es nicht friere. Aus den umliegenden Gehöften kamen Frauen und Kinder herbeigeeilt. Sie brachten in ihren Körben Eier, Brot und Schafskäse für die Heilige Familie. Und in der Ferne über den Hügeln sah man bereits die Heiligen Drei Könige nahen mit einem vollbeladenen Kamel. Alles Geschenke, dachte Christine, und konnte ihre Augen von dem Geschehen nur schwer lösen. Noch einmal ging ihr Blick zum Kind in der Krippe. Es lächelte, lachte sie, Christine, an. Zaghaft lächelte Christine zurück, und für diesen einen kostbaren Augenblick der Christnacht zog ein Goldfaden aus Engelshand durch ihr Herz, ließ sie die kalte Einsamkeit vergessen.

Andere kamen, drängten sie zur Seite. Christine wandte sich um, ging den Seitengang hoch. In der letzten Bank fand sie einen freien Platz. Die Frau neben ihr blickte sie entrüstet an und rückte ein wenig ab. Als hätte ich Aussatz, dachte Christine. Sie war es gewohnt, daß Menschen auf der Straße sie mieden, konnte es an diesem Ort anders sein? Ein feiner Glockenton kündete den Beginn. Die Ministranten mit Kreuz, Weihrauchfaß und Kerzen, gefolgt vom Pfarrer, zogen ein. Die Messe nahm ihren Lauf. In seiner Predigt beschwor der Pfarrer die Brüderlichkeit unter den Menschen und die Bereitschaft zur Verständigung mit dem, was fremd und daher ausgestoßen. Wohlgesetzte Worte, denen die Kirchgänger keine besondere Aufmerksamkeit schenkten, wurden sie doch Jahr für Jahr zur Weihnacht verkündet. Man tat, was man konnte, das sollte der Pfarrer doch wohl wissen! In den Fürbitten wurde um Frieden gebeten, den Frieden in der Welt und den der Herzen. Beim Friedensgruß, als sich die Gläubigen untereinander die Hände reichten und Frieden wünschten, wandte sich die Frau, die neben Christine saß, ab, und auch der Mann, der vor ihr in der Bank saß, überging sie, als er sich umwandte und seine Hand nur ihrer Banknachbarin zustreckte. Heiß stieg es in Christine auf und sie wollte stürzen, hinausstürzen aus dieser Welt, in die sie nicht hineingehörte. Da drangen von Ferne Worte an ihr Ohr: «Und die Welt erkannte ihn nicht und nahm ihn nicht auf.» Die Welt nahm sie nicht auf – und sie konnte bleiben, konnte ihr Unaufgenommensein unter den Menschen dieser Nacht in seiner ganzen Schwere fassen.

Nach dem Schlußsegen verließ Christine gleich die Kirche. Die Kirchgänger hatten teilweise großzügig gespendet, das hatte sie gesehen, als der Klingelbeutel umging. Sie hatte sich ein wenig geschämt, daß sie nichts hineinlegte. Doch jene hatten aus ihrem Überfluß ein Geldstück eingeworfen, erfuhren dadurch keine Schmälerung, würden nichts entbehren und waren sich dabei ihres Gutseins und ihrer Großzügigkeit sicher. Daß sie, Christine, weit mehr gegeben hatte im Augenblick ihres Lächelns, ahnte sie nicht.

Ob sie – Christine wagte den Gedanken nicht zu Ende zu denken, doch dann, sie wußte nicht woher, fand sie doch den Mut, und sie stellte sich neben die Kirchentür und hielt ihre leere Hand bittend den Menschen entgegen. Die ersten gingen schweigend vorüber, übersahen sie einfach. Doch dann entstand Entrüstung. Jemand machte die Bemerkung, daß es wohl unverschämt sei, am Heiligen Abend bettelnd an der Kirchentür zu stehen und die Gläubigen zu belästigen. Und diese Worte zogen Kreise, verbreiteten sich, wurden dicker und mächtiger, nahmen mit jedem Hinausgehenden zu. «Hau ab», zischte schließlich jemand ihr zu und hob drohend die Hand. «So etwas sollte polizeilich verboten sein», schimpfte eine Frauenstimme Christine nach, die hastig in einer Seitengasse Zuflucht suchte. Dort blieb sie schwer atmend und am ganzen Körper zitternd stehen. Nur keine Tränen.

Als keine Schritte auf knirschendem Schnee mehr zu hören waren, schaute Christine um die Ecke. Die Kirchenbesucher hatten sich verlaufen, doch das Portal stand noch offen und versprach Wärme, einen Hauch von Geborgenheit. So ging Christine noch einmal hinein und ließ sich in der letzten Bank nieder. Der Meßner, der soeben zuschließen wollte, entdeckte sie. «Die Kirche ist aus, Sie müssen jetzt gehen, ich schließe ab», sagte er zu Christine. Dabei musterte er sie kritisch von oben bis unten. «Bitte, lassen Sie mich hierbleiben diese Nacht», bat Christine. «Es ist bitterkalt draußen vor der Tür. Ich bin durchgefroren.» – «Scheren Sie sich raus», rief er aufgebracht. «Dies ist ein Gotteshaus und kein Obdachlosenheim für Stadtstreicherinnen.» Da ging Christine. Der Meßner aber schloß gleich zweimal hinter ihr die Pforte zu und verriegelte auch noch die Türen des Windfangs, was er sonst nie tat. Zur Sicherheit, wie er sich selbst sagte. Konnte man wissen, wozu solche, und dabei blickte er vielsagend zum Kirchenportal, das sich hinter Christine fest geschlossen hatte, fähig waren?

Ein paar Häuser weiter befand sich ein zurückliegender Hauseingang, der etwas Schutz vor dem eisigen Wind bot. Hier blieb Christine. Sie setzte sich auf die Stufen und zog den dünnen Mantel, so gut es ging, um sich. Dann legte sie noch eine Decke, die ihr die freundliche Frau vom Weihnachtsmarkt geschenkt hatte, um die Schultern.

Am Weihnachtsmorgen wurde sie gefunden. Und am ersten Werktag nach den Feiertagen las der Meßner in der Zeitung unter Stadtnachrichten: Frau mit schweren Unterkühlungen am Weihnachtsmorgen in das Krankenhaus eingeliefert. «Was es nicht alles gibt», sagte er zu seiner Frau, die soeben eine Kanne mit heißem Kaffee auf den Frühstückstisch stellte. «Das sollte polizeilich verboten sein, das Schlafen vor den Türen.»

Falko Kalino

Das dunkle Licht

Schon viele Male war es in der Familie Weihnachten geworden. Immer wieder mit der gleichen Vorfreude, der Neugier, der Spannung, dem Flair der erwartungsvollen Unruhe. Das war so, als die Eltern noch Kinder waren, das war so, als eigene Kinder ins Leben traten. Ein sorgsam gehüteter Brauch, von den Großeltern übernommen, wahrscheinlich schon Generationen zuvor so begründet und stets nur behutsam den Zeitläuften angepaßt, vollzog sich alljährlich in der dunklen Jahreszeit ein geheimnisumwitterter Wandel in der Familie. Die Anzahl der kleinen Heimlichkeiten stieg rapide an, Plappermäuler, die während des ganzen Jahres nicht verstummt waren, übten sich in Zurückhaltung, und immer wieder konnten neue und außergewöhnliche «Komplotte» geortet werden, wahre Glanzstücke an stillen Koalitionen auch jener, die sich sonst eher wenig zu sagen hatten. Auch dies war ein Stück des Weihnachtswunders, über das so oft geredet wurde in diesen Tagen.

Es hatte sich viel verändert seit den letzten Kriegstagen und dem Wiederaufbau des geschundenen Landes. Die Menschen setzten nicht mehr bedingungslos auf einen Glauben, der überliefert war, gepredigt wurde, aber immer weniger in den

Alltag Einzug hielt und der viele von ihnen auch enttäuscht hatte. Die Kirchen wurden leerer und leerer, die Zahl der Austritte aus den großen Religionsgemeinschaften stieg, und auch die Familie, die hier eine Rolle spielt, hatte daran teil. Die Eltern waren aus der Kirche ausgetreten, die Kinder nicht getauft, um ihnen eine solche Entscheidung nicht vorwegzunehmen. Sie entschieden sich aber nicht für einen Kircheneintritt, auch nicht, als sie volljährig wurden. Dennoch wurde zu Heiligabend stets die Weihnachtsgeschichte vor der Bescherung vom Vater verlesen, und als die Kinder noch kleiner waren, wurde sie auch erklärt, interpretiert. Alle sollten wissen, daß es sich um ein christliches Fest mit einem ganz bestimmten geschichtlichen und geistigen Hintergrund handelte, auch wenn niemand mehr einer Kirche angehörte.

So, dachte der Vater, würde eines Tages auch die Außergewöhnlichkeit des Menschenkindes, an dessen Geburt man sich symbolisch erinnerte in diesen Tagen, dem Nachwuchs deutlich werden: die Gebote der Liebe, der Friedfertigkeit, der Hilfe für die Schwachen, der Rücksicht und dergleichen mehr, was nicht nur den Christen auszeichnen sollte. Und es war stets auch ein Erinnern an die eigene Jugend, an verflossene, glücklichere Zeiten dabei, wenn der Lichterbaum erstrahlte und die Augen glänzten.

Aus den Kleinkindern wurden Kinder, aus den Kindern wurden Teenager und weiter Heranwachsende.

Und da begab es sich, daß der Vater unfreiwillig Zeuge eines Gesprächs dieser Heranwachsenden mit Freunden wurde. Wie denn Weihnachten sich so «abspiele» daheim, wollte man wissen, wie das denn so «laufe»?

Die Antwort der eigenen Kinder wäre besser verborgen geblieben. Aus ihr sprach kalte Distanz und ein Grad an Unsensibilität, die erschrocken machte: Na ja, immer dasselbe, Vater besteht auf festlicher Kleidung, furchtbar unbequem, dann diese Geschichte aus der Bibel, die wir schon hundertmal gehört haben, immer dasselbe, Familie nimmt sich in die Arme, Küßchen, «Frohe Weihnachten» im Kreis gewünscht, Vater hat Tränen in den Augen, wie immer, dann können wir auspacken, anschließend ein Glas Sekt oder ein guter Wein, Toast und Aal, immer wieder und immer wieder dasselbe, alle Jahre wieder! Klassische Musik, kein Fernsehen, no action...

Es mußte die Kinder seit Jahren eher belastet als erfreut haben, diese Art des Heiligabends. Aber die Eltern wußten es nicht, der Zufall hatte es ans Tageslicht gespült und mit einem Male deutlich gemacht, welche Kluft entstanden war. Eine Familie hatte sich auseinandergelebt und hatte es nicht einmal bemerkt.

Mit diesem Zufallswissen gewappnet und auch verletzt, fielen in diesem Jahr die Festvorbereitungen merklich kühler aus, eine gewisse Gleichgültigkeit machte sich breit beim Vater, der das Beste gewollt, aber den Spott geerntet hatte. So wurde auch kein Nachdruck mehr auf das rechtzeitige Beschaffen eines Weihnachtsbaumes gelegt. Er sagte, er könne auch ganz darauf verzichten, eine «Weihnachts-Show» brauche er nicht.

Er erklärte sich auch damit einverstanden, den Heiligabend ganz ausfallen zu lassen, zumal er ja wisse, daß sich die Clique der Jungen außerhalb treffen wolle. Nach der Bescherung und dem unvermeidlichen Familienkram! Die Mutter sagte nichts, nahm die Spannung wahr, unterband sie nicht, aus welchen Gründen auch immer. Sie widmete sich den Festvorbereitungen, zwar traurig, aber tapfer, als wolle sie etwas festhalten, das gerade mit einiger Gewalt abgestreift worden war.

Das Fest nahte, es war der 23. Dezember, ein Samstag, und kein Baum war im Haus. Die Kinder, darauf angesprochen, erklärten, sie hätten «keine Zeit» einen Baum zu besorgen. Schließlich machten sich die beiden Alten auf den Weg, um das zu erledigen. Die Mutter, weil sie es wollte, der Vater, weil er einfach «mitspielte», ohne Engagement, ohne innere Überzeugung.

Am Heiligabend selbst benahmen sich die Kinder wie all die Jahre zuvor. Heuchelten sie, ging es dem Vater durch den Kopf, halten sie eine Maskerade aufrecht? Und warum und für wen? Er jedenfalls hatte, weil's die Kinder auch abgelehnt hatten, der Mutter Handreichungen beim Schmücken des Baumes gemacht, ohne große Lust, ohne Überzeugung, und er hatte dies auch so zum Ausdruck gebracht. Seine Gedanken waren weit weg, an einer Stelle, wo er hoffte, keine Lüge, keinen Mummenschanz, zu finden ...

Er legte diesmal keine festlichen Kleider an, er verzichtete auf die Bibellesung, er «brachte es hinter sich», enttäuscht, getroffen und auch seiner eigenen, völlig veränderten Situation in dieser Familie plötzlich sehr bewußt. Es war ihm aufgegangen, wie wenig man sich hier noch zu sagen hatte, wie dies im Alltag überspielt und wie wenig man dessen gewahr wurde. Er sprach es an, als sich diese Familie am Eßtisch gegenübersaß, er löste damit einen Wust an Vorwürfen aus, an Abgrenzungen, an Vorhaltungen, und er hatte begriffen, daß für ihn Weihnachten plötzlich eine ganz besondere Art der Erleuchtung mit sich gebracht hatte, gewiß keine der Sorte, auf die man sich freut, aber immerhin eine, die falsche Vorstellungen ausräumte, die Träumen ein Ende machte.

Nie wieder würde Weihnachten werden, wie es war, das wußte er bestimmt. Etwas von der Unschuld dieses Festes war plötzlich verloren, und der Jahresalltag mit seinen Schatten hatte sich auch über diese bislang gehüteten Stunden gelegt. Seitdem fragte er sich, was er in diesem Haus, in dieser Familie noch tut, warum er noch dort ist, wo ihn offensichtlich keiner mehr braucht, wo er eher die Kreise stört, die andere ziehen.

Für ihn hatte diese Weihnacht ein seltsames Licht entzündet, ein sehr dunkles. Aber er hatte keine Träne in den Augen gehabt an diesem Abend, über die man hinter seinem Rücken hätte herziehen können, nicht eine einzige. Dazu war das Licht zu dunkel gewesen, dieses «Licht der Welt», das einigen wohl doch geleuchtet haben muß – auch in diesen Tagen, so es eine Gnade Gottes gibt …

Barbara Beutel

Weihnachten auf der Flucht

Vor dem Fernseher schlief sie ein. «Schade, daß ich aufgewacht bin. Nun ist er wieder da, der Druck auf meiner Brust, auf meiner Seele. Wie jedes Jahr.»

Mit ruhigen Schritten geht sie in den Flur, um sich anzuziehen. Rolläden zu, Lichter aus, warm anziehen! Sie wußte nicht, wie lange es dieses Mal dauern würde.

Als sie die Haustür öffnet, ist sie erstaunt, wie dunkel es draußen ist. Es weht ein kalter Wind. Sie liebt ihn. Als Kind hatte sie den Mantel offengelassen, damit sie ihn am ganzen Körper spürte. Jetzt im Alter traut sie sich nicht. «Wenn ich krank würde – es ist ja keiner da!»

Die Haustür knarrt, ein vertrautes Geräusch. Sonst ist alles still. Es ist spät. Sie hat nicht nach der Uhr geschaut. In der Ferne läuten Kirchenglocken. In dieser Nacht werden sie noch oft läuten. Schneeflocken fallen langsam zur Erde und bleiben liegen.

«Du mußt vorsichtig gehen – es ist ja keiner da!»

Die Straßen sind leer. Bei diesem Wetter fährt man mit dem eigenen Wagen oder mit der Taxe zu seinem Ziel. Auch die Straßenbahn sieht einsam aus.

Die Menschen sind angekommen. Ziellos geht sie weiter. Sie ist unterwegs, um den Stein auf ihrem Herzen, ihrer Seele, ihrer Brust nicht zu spüren. Sie nennt ihn den «Weihnachtsstein». «Wenn ich durch die Straßen laufe, wird er zerbröckeln wie jedes Jahr.» Angst hat sie nicht. Der Druck auf ihrer Seele ist größer.

«Ich werde in erleuchtete Fenster schauen und meine Erinnerungen hineinwerfen.»

Die Häuserzeilen machen einen freundlichen Eindruck. Sie läßt ihrer Phantasie freien Lauf. Wer mag da wohnen, dort feiern, hier warten, da drüben lieben, dahinten weinen? Wo mag man singen, jauchzen, essen, danken, beten? Alle Fenster, ob rot, gelb, matt, grell oder dunkel, bepackt sie mit Erinnerungen. «Davon habe ich so viele. Ich will sie verschenken. Dann wird mir leichter sein ums Herz.»

Wie kommt es, daß sie Weihnachten immer diesen Stein spürt auf ihrer Brust? Er drückt, bedrückt. Sie hat alles versucht, ihn loszuwerden. Nichts hat geholfen. Bis sie auf die Idee kam, auf die Straße zu laufen und alles abzuschmeißen, was auf der Seele liegt.

Weihnachten im großen Familienkreis. Es war das einzige Fest, an dem alle beisammen waren. 1944 entstanden die ersten Lücken. Der große Krieg hatte schon Löcher gerissen.

Da war noch Hoffnung, daß alles wieder werden würde wie früher. Es wurde nicht so.

Januar 1945 verlor sie Heimat, Elternhaus, Eltern und Geschwister, Familie, Kindheit. Alles auf einmal. Alles riß ab. Weihnachten in der Familie riß ab, konnte nicht auslaufen: von der herkömmlichen Familie in die eigene. Es begann eine weihnachtslose Zeit. Sie arbeitete als Krankenschwester und überspielte die Leere.

1950 wollte sie anknüpfen. Sie fand aber das andere Ende nicht mehr. Sie hatte es verloren. Sie wollte neu anfangen mit der neuen Familie. Es gelang ihr nicht.

Fortan wälzt sich der Stein, der «Weihnachtsstein», auf ihre Brust. Es bemerkt keiner von der neuen Familie. Erst als diese zerbricht, will sie den «Weihnachtsstein» abwerfen.

Aber wie? Heute ist sie wieder auf dem Weg. Da steht vor ihr auf einem großen Platz ein mächtiger Straßenweihnachtsbaum. Sie hat ihn noch nie gesehen. Unzählige Kerzen brennen und machen alles hell. Ihr wird so warm ums Herz.

Sie sieht alles wieder vor sich: den schön geschmückten Baum vor dem großen Spiegel, der ihn noch größer erscheinen läßt. Der lange Gabentisch für zehn Menschen, die zusammengehören. Sie hört die Weihnachtslieder, von jung und alt gesungen. Sie summt leise mit. Alles wird wieder Gegenwart. Sie wirft ein Stückchen des drückenden «Weihnachtssteins» weg, in den Schnee unter dem Baum. Fast lautlos, aber sie fühlt: «Ich habe wieder ein Stück Erinnerung fallenlassen.»

Riecht es dort nicht nach Pfefferkuchen? Nach Rosenwasser? Nach Marzipan? Es wurde viel gebacken für sechs Kinder. Pralinen, von der Mutter auf dem Spirituskocher gemacht, schmeckten köstlicher als alle Süßigkeit der Welt. Mit hungrigen, leuchtenden Augen saßen sie um den Tisch. Jedes Kind durfte kosten. Kuvertüre heiß gemacht, bunte kleine Kügelchen geformt und eingetaucht. Auf Pergamentpapier getrocknet, oh, wie schmeckten sie. Wie süße kleine Geheimnisse. Sie zierten den bunten Teller ganz besonders.

Der weihnachtliche Duft verschwindet. Sie hat die Erinnerung in die dunklen Fenster im Parterre geschickt, in denen nur ein schwaches Lämpchen brennt. Ihr wird leichter ums Herz. Ruhig tritt sie den Heimweg an.

Wo ist er? Hier auf der Straße? Gibt es nicht Tausende, die heute nacht belasteter sind? Die Kranken, die Enttäuschten, die Sterbenden? Haben sie eine Hand, die nach der anderen greift? Sie beschleunigt ihre Schritte. Sie fühlt sich leichter.

«Ich habe meine Erinnerungen abgeworfen.» Die Fenster auf ihrem Weg werden dunkel. Man hat zu Ende gefeiert.

Sie ist, wie in jedem Jahr, auf der Flucht gewesen, auf der Flucht vor Erinnerungen, vor Weihnachtserinnerungen der abgebrochenen Kindheit. Der letzte Druck auf Herz, Seele und Brust ist leicht geworden.

Flucht vor Weihnachten, Weihnachten auf der Flucht – nichts Ungewöhnliches in unserer zivilisierten Welt.

Was ich wollte, liegt zerschlagen.
Herr, ich lasse ja das Klagen,
Und das Herz ist still.
Nun aber gib auch Kraft zu tragen,
Was ich nicht will.
Joseph von Eichendorff

Gabriele Schubert

Zur Weihnachtszeit

Ich fang dich ein – Moment im Schnee.

Tausend glitzernde Schneeflocken, die im Schein des erleuchteten Weihnachtsbaumes tanzen, der auf unserem Marktplatz steht. Scheinbar träumerische Bewegung im bläulichen Licht der Dämmerung, die die Schneeluft atmet.

Zauber dringt in dich ein, du phantasierst, bist ganz benommen.

Tanz in deinen Sinnen – draußen das Glitzern, gleichsam in dir.

Ach, nur ein Moment, doch unbeschreiblich schön.

Rita Scheller

Weihnachten 1980

Reise in die Vergangenheit

Zu Weihnachten möchte man nicht nur die Zeit anhalten, sondern sie zurückdrehen, man möchte an die Orte der Kindheit zurückkehren. Nach dem Krieg war uns das lange verwehrt gewesen, doch seit den siebziger Jahren konnte man im Sommer mit Reisegesellschaften durchaus nach Hinterpommern reisen. Ich wollte aber mehr: Weihnachten in Pommern erleben. Meine damals zwölfjährige Tochter war gleich mit von der Partie. Von Hannover aus ging es per Zug durch die DDR – kein Kind könnte je automatisch ein schlechteres Gewissen vor Knecht Ruprecht gehabt haben als wir vor den Vopos und Zöllnern der DDR. Das war die Zeit der Solidarność-Streiks, und den Reisenden aus dem kapitalistischen Westen nahm man nicht nur ihre Herkunft übel, sondern auch noch, daß sie Kontakte zu den unzuverlässigen sozialistischen Brüdern in Polen pflegten. Deswegen ließ die Reichsbahn den Zug auch bis zur Grenze ungeheizt verkehren. Umgekehrt waren die Aversionen auch zu spüren: Kaum trafen wir mit dem Berliner Zug in Stettin ein und erwischten ein Taxi, fuhr uns der offensichtlich kein Wort Deutsch verstehende Taxifahrer quer durch die Stadt, nur nicht zu unserem Ziel, dazu bequemte er sich erst, als wir aus dem Taxi heraus eine Polizeistreife auf uns aufmerksam machen wollten. Doch wie ausgewechselt war er, als wir mit DM bezahlen wollten, denn wir hatten ja noch keine Zlotys «pflichtumtauschen» können.

In Stettin am 4. Advent war frostklares Wetter mit etwas Schnee, so wie wir es uns erträumt hatten. Als wir am nächsten Abend mit dem Zug – voll wie in den ersten Nachkriegsjahren – weiter nach Köslin fuhren, unterhielten sich die Danziger Studenten angeregt über die Einweihung des Solidarność-Denkmals im Stettiner Hafen und hatten sogar schon Fotos dabei, die sie herumzeigten. Einer von ihnen schenkte uns sein Solidarność-Abzeichen. Wir fühlten uns geehrt, aber auch besorgt wegen der Rückreise durch die DDR. In Köslin hatte das durchaus übliche pommersche Weihnachtstauwetter den letzten Schnee schmelzen lassen. Wir blieben 14 Tage – es waren die einzigen Tage 1980/81 ohne Streik. Die Lebensmittel waren knapp, nach Weihnachten sollten Marken eingeführt werden, doch zu Weihnachten hatte man alle Vorräte aus den Magazinen in die Geschäfte geholt. Brot gab es immer, und außerdem hatten wir uns vorsorglich eingedeckt.

Noch war das Benzin der Taxifahrer nicht rationiert, so daß wir einige schöne Ausflüge machen konnten, auch zu dem Ölbrand bei Dassow im Kreis Kolberg. Irgendwie war es den polnischen Medienpolitikern ganz recht, im abendlichen Fernsehen ständig neue spektakuläre Bilder zeigen zu können, die ein unverfänglicheres Gesprächsthema waren als zunehmende Versorgungsengpässe oder Streiks, die ja eigentlich im kommunistischen System nicht vorgesehen sind.

Am Heiligabend fuhren wir mit dem überfüllten Bus in mein Heimatdorf Großmöllen bei Köslin. Die bislang barocke Innenausstattung der Kirche war im letzten Jahr regotisiert worden. Zunächst war es ein Schock für mich – doch dann stellte ich fest, daß die neue Innenausstattung durchaus meinem Gefühl für «Kirche» entsprach und sie ein weihnachtliches Gefühl vermittelte, besonders weil das von Ururgroßmutter Marie gestiftete Glasfenster von Maria und Joseph mit dem Jesuskind uns immer noch vertraut begrüßte. Dann gingen wir durch den Dünenwald, den einst mein Großvater unter Anleitung seiner Großmutter angelegt und sein ganzes Leben betreut hatte. Die Schonungen aus meiner Kinderzeit waren längst hohe Bäume geworden, doch es roch noch genauso herrlich wie damals: eine Mischung aus Harz und Salz von der Ostsee. Am Strand erlebten wir unsere nächste Überraschung: Wir waren nicht die einzigen Strandläufer, sondern viele Menschen fütterten die Schwäne, die es früher dort nicht gegeben hatte. Wir waren weit genug von den anderen Menschen entfernt, so daß wir ihre Gespräche nicht verstehen und von Weihnachten in meiner Kinderzeit träumen konnten.

Rechtzeitig zum Abendessen trafen wir bei lieben Bekannten in Köslin ein: ihre Eltern hatten schon meine Groß- und Urgroßeltern gekannt. Es gab den traditionellen Kartoffelsalat mit Würstchen – mit pommerschen Kartoffeln, selbstgemachter Mayonnaise und Hannoverschen Würstchen, denn Fleisch gab es nur als Bückware. Mechthild sagte ihr Gedicht auf, das schon unsere Mütter gelernt hatten; zwischendurch spielten wir eine Kassette mit weihnachtlichen Liedern ab, die wir mit so schlechtem Gewissen durch die DDR gebracht hatten. Doch das strahlende Gesicht der alten Frau ließ uns alle ausgestandene Angst vergessen. Abends gingen wir zur Mitternachtsmesse in die Marienkirche. Es hatten stündlich Messen seit dem frühen Abend stattgefunden, jede war rappelvoll besetzt gewesen, und als wir uns hineinquetschten – während die Menschen aus der vorigen Messe noch herausströmten –, erinnerte es mich wieder an die übervollen Flüchtlingszüge. Irgendwie bekamen wir einen Sitzplatz und zwei Stehplätze. Statt der einen Riesentanne von einst schmückten viele mittelgroße Fichten den Altarraum, immer noch schauten Luther und Melanchthon zu ihm herunter. Die Messe war uns fremd, doch zwischendurch erklangen uns vertraute Melodien. Die Predigt des Bischofs war durchaus politisch, das erkannte ich an den wenigen mir vertrauten Worten. Er wollte den Gläubigen Mut machen, weiter gegen eine atheistische korrupte Staatsmacht zu kämpfen für Freiheit und Demokratie, beschützt durch die Mutter Maria, die heimliche Königin Polens.

Die Nacht war kurz, denn schon vor 8 Uhr gingen wir zum evangelischen Gottesdienst, der für die wenigen heimatverbliebenen Frauen in deutscher Sprache in der Methodistenkapelle gehalten wurde. Es erforderte Mut, in damaliger Zeit nicht nur zu bekennen, evangelisch zu sein, sondern auch noch deutscher Herkunft. So ist es kein Wunder, daß die Mitgliederzahlen in den Gemeinden deutlich anwuchsen, als es allmählich mehr Demokratie und Pluralität in Polen gab. Für die älteren und alten Frauen war es eine tröstende Freude, daß sie nicht vergessen waren, sondern daß Gäste aus dem goldenen Westen in der dunklen Jahreszeit ins graue Polen gekommen waren.

Selbstverständlich war sich jeder bewußt, daß das Damoklesschwert vom Russeneinmarsch ständig über Polen hing. Man erinnerte sich an den 17. Juni 1953, unterdrückte Aufstände in Polen besonders 1956, das Jahr 1968 in der ČSSR. Immer wieder klang eine apokalyptische Stimmung auf. Für intensive Gespräche nutzte man lange Spaziergänge im tiefen Wald und versprach sich zu versuchen, irgendwie Kontakt zu halten, vielleicht durch eine Neujahrskarte.

Zu Silvester gab es natürlich kein Feuerwerk, trotzdem blitzte und krachte es gewaltig: ein Gewitter, bei dem fast eine benachbarte Dorfkirche niedergebrannt wäre. Am Tag unserer Abreise nach Neujahr gab es noch einmal ein wenig Schneematsch, gerade genug für ein paar Fotos. Meine kleine Tochter erklärte bei der Abfahrt: «Ich hätte nie gedacht, daß Weihnachten ohne Geschenke so schön sein kann!»

Dies Damoklesschwert schwebte weiter über Polen – in der Nacht vom 12. zum 13. Dezember des folgenden Jahres sauste es herunter, zwar nicht mit dem Einmarsch der Roten Armee, doch mit der Erklärung des Kriegsrechts für die Volksrepublik Polen. Aber Kriegsrecht dort war längst nicht so knallhart, wie es in der DDR gewesen wäre; schon zu Neujahr bekamen wir eine Postkarte mit dem Stempel: «Diese Karte wurde nicht zensiert!» Im Sommer 1982 herrschte immer noch Kriegsrecht, doch wir gehörten zu einer der ersten Familien, der man ein Einzelvisum erteilte. Nur die Weihnachtstage haben wir seitdem in gewohnter Bequemlichkeit in Hannover verbracht und zehren von der Erinnerung an Weihnachten in der Kinderheimat.

Dagmar C. Walter

Mein Wunsch

Wir hatten es wirklich geschafft.

Eine halbe Stunde vor Beginn des Gottesdienstes saßen wir in der Kirche. Was ich niemals für möglich gehalten hatte, war wirklich geworden. Heute würde der Heiligabend für uns zum erstenmal mit einem Gottesdienst beginnen.

Seit meiner Kindheit hatte ich es mir gewünscht.

Eine ungewohnte Ruhe überkam mich, während sich hinter uns die Reihen füllten. Ich begann mich immer mehr zu entspannen. Heike und Jens warteten ungeduldig auf den Anfang des Krippenspiels.

Zu Hause war alles vorbereitet, ich hatte plötzlich viel Zeit, mich auf Weihnachten einzustimmen.

Daß dieses Jahr das Weihnachtsfest ein völlig anderes werden würde, hatte sich schon seit längerer Zeit angekündigt. Im Laufe der letzten Jahre war unsere Familie durch den natürlichen Lauf der Dinge immer kleiner geworden. Nun hatten sich auch noch Oma und Opa für die Wintermonate abgemeldet. Sie wollten in Spanien ihr Rentnerdasein genießen.

Als sich herausstellte, daß wir am Heiligabend keinen Besuch bekommen würden, waren unsere Kinder sehr enttäuscht. Vorsichtig hatte ich meinen langgehegten Wunsch geäußert. Nur widerstrebend willigten Heike und Jens ein. Für sie stand fest, daß der Heiligabend ohne Besuch sowieso langweilig werden würde.

Jedes Jahr waren Oma und Opa mit ihnen spazierengegangen, während wir die letzten Vorbereitungen trafen. So waren wir noch alle aufgeregt von den Aktivitäten, wenn wir uns dann gemeinsam an den Kaffeetisch setzten. Auch danach gab es einen eng abgesteckten Zeitplan für den weiteren Verlauf. So mußte zum Beispiel bis zu einem bestimmten

Zeitpunkt die Bescherung gewesen sein, da unsere Verwandten noch andere Verpflichtungen hatten. Über Jahre machten wir das Beste daraus. Wir waren froh, daß alle zu uns kamen, solange unsere Kinder klein waren.

Heute nun würde die Uhr keine Rolle spielen. Wir konnten so lange Weihnachtslieder singen und Geschichten hören, wie wir wollten. Wir würden uns für jedes Geschenk Zeit lassen, alles sollte sich ergeben.

Während die Orgelmusik einsetzte, war ich mir bereits sicher, daß es ein schöner Heiligabend werden würde.

Ich schaute mich um, noch immer strömten Menschen in die Kirche. Auch sie würden auf ihren Stehplätzen für eine Stunde zur Besinnung kommen. Noch niemals hatte ich die Kirche so voll erlebt, obwohl die Kindergottesdienste, an denen wir teilgenommen hatten, stets gut besucht waren.

Auch heute wurde der Gottesdienst von den Kindern mit gestaltet. Sie spielten Blockflöte zu wunderschönen modernen Weihnachtsliedern. Ich merkte, wie Heike und Jens immer ruhiger wurden. Das Krippenspiel schauten sie dann mit wachsendem Interesse an.

Ich beobachtete die Menschen in den einzelnen Reihen und sah, wie nach und nach die Anspannung aus ihren Gesichtern wich.

Als wir nach der Weihnachtsgeschichte erneut gemeinsam sangen, löste sich in mir ein Gefühl, das ich lange nicht mehr gespürt hatte. Eine wohltuende Wärme durchströmte meinen Körper, und eine tiefe Geborgenheit machte sich in mir breit. Ich kam mir vor wie in einer großen Familie, und ich hatte den Eindruck, daß es vielen anderen vor und hinter mir ebenso ging.

Ein Gedanke kam mir in den Kopf, daß sich bestimmt viele Menschen nach Wärme und Geborgenheit in einer Gemeinschaft sehnen. Ich meinte zu fühlen, daß mancher von ihnen in der Tiefe seines Herzens eigentlich nach dieser Liebe sucht und nicht nach Werten, die er oft vorgibt.

Am Ende des Gottesdienstes waren selbst Heike und Jens richtig in Weihnachtsstimmung gekommen. Behutsam trugen sie ihre Kerze wie die anderen hinaus, um das Licht mit nach Hause zu nehmen. Die Hektik der Weihnachtsvorbereitungen schien bei allen Besuchern abgelegt. Keiner drängelte beim Rausgehen, und wie wir fanden viele andere vor der Kirche Zeit und Muße, mit Bekannten und Freunden zu reden, ihnen eine frohe Weihnacht zu wünschen.

Eine besinnliche Weihnachtsstimmung hatte unsere kleine Familie ergriffen, als wir nach Hause fuhren.

Ursula Wiemer-Angerer

Wie der Teddybär unter die Menschen kam

Alle Spielzeughändler, -museen und -sammler behaupten, der Teddybär sei zu Anfang unseres Jahrhunderts in einer heute sehr bekannten württembergischen Plüschtierfabrik erfunden worden. Dies ist die offizielle Geschichte, wie sie Erwachsene erzählen.

Dabei weiß doch jedes Kind, daß das allererste Modell eines jeden guten Spielzeugs in der himmlischen Werkstatt des Weihnachtsmannes entworfen, gebaut und getestet wird. Ballermänner, Kriegsspielzeug, Videospiele und dergleichen gehören natürlich nicht dazu. Die sind Menschenwerk und können Kinder nicht wirklich glücklich machen.

In einem Herbst vor vielen Jahren, als in der Werkstatt des Weihnachtsmannes wieder einmal Hochbetrieb herrschte, wurde ein kleiner dicker Engel namens Ted als Hilfskraft dort hingeschickt. Zuvor war Ted in der Weihnachtsbackstube gewesen, wo man ihn aber nicht gern behalten wollte, da er ständig vom Teig und von den fertigen Plätzchen naschte.

Ted war nicht der Fleißigste und nicht der Flinkste. Er aß für sein Leben gern, und wenn er sich sein Bäuchlein so richtig rund gefuttert hatte, machte er am liebsten ein Nickerchen.

In der Weihnachtswerkstatt sollte Ted nun die Pinsel reinigen, die zum Bemalen von Krippenfiguren gebraucht wurden, Hobelspäne vom Fußboden fegen und für die Maler- und Schnitzerengel Brotzeit holen.

Mit letzterem hätte man ihn lieber nicht beauftragen sollen, denn natürlich holte Ted auch für sich selbst eine Riesenportion, mampfte, bis er müde war, und machte sich auf die Suche nach einem Schlafplatz.

In einer Ecke der Werkstatt lagerte weißer und brauner Zottelplüsch, aus dem die Krippenschäfchen ihr Fell bekamen, denn zu den Krippenfiguren, die hier entstanden, gehörten natürlich auch Hirten und Schafe.

Ted, der vor Müdigkeit fror, wickelte sich in ein großes Stück braunen Plüsch und fing alsbald an zu schnarchen.

Die ringsum arbeitenden Engel wurden auf das Geräusch aufmerksam. Sie folgten den seltsamen Lauten und entdeckten ein rundliches pelziges Wesen in der Ecke.

«Seht mal, ein kleiner Bär!» – «Er liegt da und brummt.» – «Ach, wie niedlich!» – «Ob man ihn anfassen darf?» So riefen sie aufgeregt durcheinander.

Sie holten den Weihnachtsmann, um ihm ihre Entdeckung zu zeigen, und der wollte natürlich gleich wissen, wer sich das «neue Spielzeug» ausgedacht und wer es angefertigt habe.

Niemand meldete sich, aber alle waren hellauf begeistert von dem neuartigen Zottelbär mit Brummstimme.

Der Weihnachtsmann entschied, daß das vermeintliche Bärchen sorgsam zu den fertigen Geschenken gepackt und für ein besonders liebes Kind reserviert werde. Zuvor wolle man den Plüschgesellen aber noch genauestens untersuchen und vermessen, damit man ihn originalgetreu nachbauen und noch viele Kinder damit erfreuen könne.

Als nun die ganze Engelschar mit Maßband und Skizzenblock um ihn herumwimmelte und sich an ihm zu schaffen machte, wachte Ted erschrocken auf und warf sein Plüschfell ab.

«Aber das ist ja unser Ted!» riefen die Engel und der Weihnachtsmann erstaunt. «Und wir haben dich für einen Zottelbären gehalten.»

Zuerst hatte Ted ein schlechtes Gewissen, aber bald platzte er fast vor Stolz, als er auf dem Skizzenblock der Engel den Entwurf eines entzückenden Plüschbären mit seinen eigenen rundlichen Maßen und Formen sah.

TEDDYBÄR schrieb der Weihnachtsmann eigenhändig in großen Buchstaben darunter und verzieh Ted großmütig seine Drückebergerei.

In diesem Jahr mußten die Hirten bei den Krippen ohne Schafe auskommen. Tag und Nacht wurden in der Weihnachtswerkstatt Teddybären angefertigt, und viele Kinder unter dem Weihnachtsbaum schlossen Freundschaft fürs Leben mit ihrem neuen Plüschkameraden. Die Nachfrage wurde im Lauf der Jahre so gewaltig, daß der Weihnachtsmann mit seinen Engeln längst nicht mehr alle Wünsche nach einem Teddybären erfüllen konnte, und so kam der Entwurf aus der himmlischen Werkstatt eines Tages heimlich und über Nacht in die Plüschtierfabrik in Württemberg.

Schaut eurem guten alten Teddybären nur aufmerksam in sein treues Plüschgesicht. Auch wenn er aus der Fabrik kam, so werdet ihr doch noch heute ein kleines himmlisches Funkeln in seinen lieben Augen finden.

Siegfried Ketschker

Eine Begegnung im Erzgebirge

Der Lichterbergmann aus Seiffen

November 1952, Urlaub im weltberühmten Spielzeugdorf Seiffen in der Adventszeit. Aus Böhmen zogen graue Schneewolken über die Berge, es war ein Tag, an dem man in der Nußknackerbaude lieber in die Nähe des warmen Kachelofens rückte. Doch ich wollte heute einmal eine Familie kennenlernen, die sich ganz der Seiffener Volkskunst widmet. Das Haus der Füchtners stand am Dorfrand in Richtung böhmischer Grenze, die nur drei Kilometer entfernt war. Ich wurde freudig begrüßt und war sofort in einer großen Weihnachtsstube. «Bei uns ist sozusagen das ganze Jahr Weihnachten, denn wenn kurz vor Weihnachten die letzten Lichterbergmänner oder Engel verkauft sind oder der letzte Nußknacker in Richtung Amerika auf die Reise gegangen ist, wird nach den Weihnachts- und Neujahrstagen schon die Produktion für das kommende Jahr begonnen.» Vater Füchtner stand an der Drechselbank und formte die groben Holzklötze zu Nußknackern. Und die Füchtnerfamilie, die um einen großen Tisch saß, verwandelte die roh geformten Holzkörper in Nußknacker. Am beliebtesten ist er in der Gestalt eines Königs. So gaben die Schnitzer schon seit alten Zeiten dem König die Nüsse zum Knacken. Jeder am Tisch hatte seine Aufgabe. Der eine malte den roten Rock, der andere die schwarze Kappe, und schließlich erhielt er aus weißem Fell noch einen Bart. Lichterbergmann und Lichterengel wanderten aus Seiffen in die weite Welt, seitdem die Drehbank ihre Herstellung in größerem Umfange ermöglichte und sich Seiffen vom Bergflecken zum Spielwarendorf entwickelte.

Räuchermänner kamen dazu, und alle vertrauten Gesellen des Gebirgsdorfes sind unter ihnen vertreten, vom Förster und Holzfäller bis zum Briefträger und Essenkehrer. Fremd scheinen der Türke und Slowake zu sein. Bestimmt erfuhr man vom Türken durch die Weihnachtsgeschichte, oder er fand mit dem türkischen Tabak den Weg in das Erzgebirge. Das Vorbild für den Slowaken war wiederum der slowakische Handelsmann, der noch am Anfang unseres Jahrhunderts in den Dörfern des Erzgebirges von Haus zu Haus zog und den Hausfrauen den nötigen Hausrat brachte. Er verstand auch die Kunst des Topfeinstrickens und wurde deshalb auch Rastelbinder genannt. Beim Zuschauen verging die Zeit wie im Fluge, und man hätte noch lange den Füchtners lauschen können, die mit ihren geschickten Händen das Werk ihrer Vorfahren fortsetzten. Zum Schluß bat ich Herrn Füchtner, mir doch einen Lichterbergmann zu verkaufen. «Aber nicht weitersagen, sonst kann ich mich vor Käufern nicht retten, denn ich stehe bei der Vertriebsgenossenschaft noch in der Kreide ...» Glücklich zog ich mit dem Lichterbergmann wieder hinauf zur Bergbaude, denn nun verwandelte der Schnee, der in großen weißen Flocken vom Himmel fiel, das Dorf, in dem es so viele Spielzeugmacherfamilien gab, in eine Weihnachtslandschaft.

Und immer wenn Weihnachten ist, wird der Lichterbergmann hervorgeholt und die zwei Kerzen angezündet, und so bringt er den Weihnachtszauber des Erzgebirges in unsere Stube. Wenn wir auf dem Weihnachtsmarkt oder in Kaufhäusern dem Nußknacker, dem Räuchermännchen oder den Lichterbergmännern begegnen, dann denken wir an die vielen fleißigen Hände in Seiffen, für die das ganze Jahr Weihnachten ist.

Maria Geißler

Weihnachten in Mailand

Es war unser erstes Weihnachtsfest fern der deutschen Heimat. Meine Schwester und ich hatten die damalige Ostzone Deutschlands verlassen, als es noch keine Mauer gab. Und gerade als sie gebaut wurde, waren wir an eine deutsche Schule in Mailand gegangen, wo wir Weihnachten auf eine ganz neue Art erleben sollten.

Wie die meisten Kollegen und Kolleginnen hätten wir natürlich auch nach Westdeutschland fahren können, denn eine liebe Tante hatte sich unser angenommen, und in ihrer Familie waren wir wie zu Hause. Aber eine richtige Heimat hatten wir nicht mehr. Warum also nicht in Italien bleiben?

Mit Beginn des Advents, der in Mailand nach dem ambrosianischen Ritus sechs Wochen dauerte, erlebten wir dann eine Überraschung nach der anderen. 1961 gab es in ganz Italien noch keine Christbäume zu Weihnachten, denn der europäische Markt hat diese Lücke erst später geschlossen. Südtirol war natürlich ausgenommen. Dort herrschte richtiger Winter, während es bei uns in Mailand leider keinen Schnee gab.

In den ersten Adventstagen machte sich in unserer Schule Nervosität und Aufregung breit. Während einer Pause wurde ein riesiges Paket geöffnet, das mit Tannenzweigen vollgestopft war. Wir erfuhren, daß Freunde der Schule aus Südtirol alljährlich ein solches Paket lieferten. Jeder Lehrer bekam einen großen Tannenzweig. In einer kleinen Cartoleria, einem Papierwarenladen, entdeckte ich winzige handgeschnitzte und bemalte Holzengelchen aus Südtirol, die wir an unsere kostbaren Zweige hängten, und bald kam echte Weihnachtsstimmung auf. Italienische Bekannte hatten uns einen schönen Trockenblumenstrauß geschenkt, und kurz vor dem Fest gab uns jemand in Gold getauchte Mistelzweige.

Mit Gold überzogen waren in der Vorweihnachtszeit auch alle Gummibäume in den Bars und Gaststätten, und ich war sehr damit beschäftigt zu erfahren, ob die armen Grünpflanzen diese Prozedur überleben würden.

Eines Morgens weckte mich eine wundersame Melodie. Ich sprang aus dem Bett und schaute vom Balkon im vierten Stock hinunter auf die Straße, wo zwei in Felljacken gekleidete Männer Weihnachtsweisen auf ihren Dudelsäcken spielten. Jedes Jahr kamen sie aus den apulischen Bergen in die Stadt. Es waren Hirten, die sich etwas Geld verdienen wollten. Wir legten Münzen in Papier und warfen sie hinunter, was auch all unsere Nachbarn taten.

Auf dem Weg zur Schule entdeckten wir kleine Holzkohleöfen, auf deren Glut Eßkastanien geröstet wurden. Männer waren nun den ganzen Tag damit beschäftigt, und ein herrlicher Duft zog durch die Straßen.

In der Schule begann die Zeit der Weihnachtsfeiern, und es wurde eifrig für ein großes Konzert geübt, zu dem Vertreter des deutschen Konsulats, der Kirchen und alle Eltern erschienen. Als ich mit meinen zwölfjährigen Schülerinnen zum erstenmal eine Weihnachtsfeier gestalten mußte, erschienen die Kinder mit Konfetti und Papierschlangen, sangen lustige Lieder und waren sehr fröhlich. Das verblüffte mich. Es entsprach zwar durchaus dem Leitspruch unserer Schule, der an der Fassade prangte: «Wer schaffen will, muß fröhlich sein», aber ich wunderte mich dennoch. Ich begann ein Gespräch.

«Kinder, es ist doch nicht Karneval. Wir feiern Weihnachten.»

«Wo ist der Unterschied, Signorina?» wollten sie wissen.

«Weihnachten ist ein stilles, besinnliches Fest», versuchte ich zu erklären.

«O nein, das ist es nicht! Es ist eine Geburtstagsparty», beharrten sie, «Gesù bambino ist geboren, und heute feiern wir seinen Geburtstag. Natale!» Das war ein völlig neuer Aspekt für uns, die wir auch unter dem häuslichen Weihnachtsbaum zu singen und zu beten pflegten. Und unsere Weihnachtslieder waren viel zu ernst und traurig und erinnerten eher an eine Beerdigung, so wurde ich belehrt. Ein freudiges Ereignis war Weihnachten also.

Inzwischen war der berühmte Mailänder Nebel immer dichter und dunkler geworden. Er war nicht weiß, nein, er hatte die braune Farbe des Smogs, war unangenehm und überzog allmählich alles mit einer schmutzigen Schicht. Aber er hatte seine Geheimnisse in dieser Zeit, und viel später, als ich wieder in Deutschland lebte, waren es gerade diese kleinen Geheimnisse, die im Advent mein Heimweh nach Mailand entfachten. Da war die wundersame Dudelsackmelodie am Morgen, der Duft der Maronen an den Straßenecken, die goldenen Gummibäume und Mistelzweige, das geschäftige Treiben in der Innenstadt. Ein besonderes Ereignis war der Flohmarkt am 8. Dezember in der Altstadt, wo man auch kleine nachgemachte Dudelsäcke kaufen konnte und wo die Bambini mit den Hirten in den Felljacken um die Wette spielten. Da war der Panettone, der italienische Weihnachtstopfkuchen, den man heutzutage in fast jedem deutschen Supermarkt bekommt und der damals hier noch Seltenheitswert hatte, und es gab Mandelplätzchen und Torrone, Honigmandelstangen aus der Toskana, Nougat aus Turin und die bei uns immer noch wenig bekannten Marrons glacés, gezukkerte Eßkastanien.

Der Höhepunkt aber war die Mitternachtsmesse im Mailänder Dom, zu der wir mit italienischen Freunden aufbrachen und die uns mit ihrer besonders feierlichen Stimmung über den Verlust der Heimat mit den alten gotischen Kirchen hinwegtröstete. Ohne diese weihnachtlichen Erlebnisse wäre uns Mailand sicher nicht so schnell ans Herz gewachsen. Es war das alte Mailand, das wir liebten, nicht das moderne mit seinen importierten Weihnachtsbäumen, seinen kitschigen Kunsttannen und Girlanden und Lichterketten, den heutzutage in dicke Schokolade getauchten Topfkuchen. Heute ist

Mailand europäisch geworden, und manche alten Bräuche sind verlorengegangen. Aber für uns wird Weihnachten in Mailand immer das Fest der apulischen Hirten bleiben, und in unserer Erinnerung an jene Jahre erklingen die alten wundersamen Dudelsackweisen.

Ursula Pecher

Frieden auf Erden

Es waren die Jahre nach dem Zweiten Weltkrieg.

Ein Heiligabend ist mir noch immer fest in Erinnerung geblieben. Am Vormittag des 24. Dezember hatte unsere Mutter noch alle Hände voll zu tun mit den Vorbereitungen für das Weihnachtsfest. Wir Kinder standen ihr im Wege und hüpften von einem Bein aufs andere, voller Erwartung, was das Bornkinnel wohl bringen würde. Das Christkindel heißt bei uns im Vogtland «Bornkinnel».

Die letzten Kurrende-Sänger zogen im Städtchen von Haus zu Haus. Das waren Kinder mit einem schwarzen Umhang und einem weißen Kragen. Vornweg trug eines der Kinder einen Stern an einem Stab. So war es der überlieferte Brauch in unserer Gegend. Sie erfreuten die Menschen mit ihren Weihnachtsliedern. Meine Mutter gab ihnen reichlich von dem Weihnachtsgebäck und auch Äpfel und Nüsse. In früherer Zeit wurden damit arme Waisenkinder beschenkt.

Am frühen Nachmittag nahm unser Vater meinen kleinen Bruder und mich an die Hand, und wir gingen die verschneiten Wege den Hang hinauf zu einem Fichtenwäldchen. Mein Vater trug einen Sack voll mit Kastanien, die wir im Herbst gesammelt hatten, als der Wind sie von den Bäumen schüttelte.

Vor dem Fichtenwald hielten wir an. Mein Vater machte

eine Stelle schneefrei, und wir schütteten die gesammelten Kastanien und auch Eicheln auf das Moos. Dann stapften wir weiter den Weg hinauf zum Buchenwald, dessen helle Stämme schon von weitem leuchteten. Dort hatten Kinder aus Holz und Laub eine Hütte gebaut. Vater meinte, darin wohne Knecht Ruprecht mit seinen Gesellen und bastele die Geschenke für die Kinder, welche das Bornkinnel bringt. Mein kleiner Bruder ängstigte sich ein bißchen und machte einen Bogen um die Hütte. Drunten im Tal tummelten sich die Kinder mit Schlittschuhen auf dem Teich, und ihr Lachen tönte bis zu uns herauf.

Als allmählich die Dämmerung hereinbrach, machten wir uns auf den Heimweg. Plötzlich bedeutete uns mein Vater, wir sollten stille sein. Drüben am Fichtenwald waren die Rehe dabei, das vorgelegte Futter anzunehmen. Sie spitzten die Ohren und sahen uns an. Da wir aber ganz ruhig standen, ließen sie sich nicht stören und ästen weiter.

Die Kinder auf dem Teich waren nach Hause gelaufen, in Erwartung des Bornkinnels. Eine große Stille breitete sich über das ganze Land. Da sprach mein Vater tief aufatmend: «Friede auf Erden und den Menschen ein Wohlgefallen.»

Wir standen eine Weile stumm. Die Erinnerung an die vergangene Zeit kam, als Christbäume, statt in der Stube, am Himmel hingen, sogenannte Christbäume, abgeworfen von Flugzeugen, um die Bombenziele besser ausleuchten zu können.

Wir schauten über die bewaldeten Hügel. Da erklang aus der Ferne Glockenläuten. Die evangelische Kirche rief zur Christvesper. Schnell stapften wir durch den frisch gefallenen Schnee hinab bis in unsere Straße. Vor uns ging der Laternenanzünder. Mit einem Stab, welcher oben umgebogen war, zog er an einem Hebel an der Lampe, und das Licht flammte auf. Bald war die Straße vom Schein der Gaslaternen in warmes Licht getaucht. Wir traten ins Haus, zogen Schuhe und Mäntel aus und gingen ins Kinderzimmer. Es war nur vom Schein der Straßenbeleuchtung erhellt. Mit Spannung warteten wir auf das Bornkinnel. Plötzlich ertönte ein Glöckchen aus dem Weihnachtszimmer. Die Tür ging auf, hell leuchtete der Tannenbaum, und die Bescherung begann.

Sybille Lind

Weihnachtsfeier für unsere kleinen Mieter oder Ostberlin 1984

«Weihnachtsfeier für unsere kleinen Mieter.» Ein Zettel. Mit grünem Weihnachtsbaum. Unausgemalt. Mit roten Kerzen. Am Schwarzen Brett. Im Hausflur. Ziemlich hoch. Aber der Weihnachtsbaum ist schön verständlich. Für Kinder.

Der Weihnachtsfeierklubraum: Ein Tisch mit einer Kanne Kakao für die kleinen Mieter. Ein Tisch mit einem Topf Glühwein für die Frauen der großen Mieter oder die Mütter der kleinen Mieter. Zwei Weihnachtsbäume mit elektrischen Kerzen und einigen Silberkugeln. Je eine echte Kerze auf jedem Tisch. Die macht es schön weihnachtlich.

Na, nun wollen wir anfangen. «Bitte. Eßt, Kinder! Da ist auch Gebäck. Auf jedem Tisch. Ein bißchen Gebäck. Ganz frisch aus der Halle.» Die kleinen Mieter sitzen verlegen herum. Sie knabbern, wenig interessiert, an dem Gebäck aus der Halle. Ja, die Apfelsine. Die wird von einigen geschlachtet.

Aber die Frauen der großen Mieter sind im Gespräch. Am Tisch für die großen Mieter. Man sieht sich zuwenig. Man redet zuwenig. Miteinander. Und jede hat etwas zu erzählen. Und jede will etwas erzählen. Über eingerichtete Zimmer, fehlende Türen, größere Wohnungen. Über Leute, die früher hier wohnten. Da. Nun werden die kleinen Mieter unruhig. Der Weihnachtsfeierorganisator und seine Frau gehen nach vorn. Dort liegt ein umgekippter Tisch. Der ist nun ein Puppentheater. Der Weihnachtsfeierorganisator und seine Frau spielen das Stück vom Kasper, vom Hörnchen aus dem Thüringer Wald und vom Drachen. Das Hörnchen ist dumm. Es weiß nicht, daß der Drache grün ist. Kasper fragt die Kinder. Die wissen es auch nicht. Obwohl sich der Drache auf der oberen Tischkante sichtbar räkelt. Der Drache bekommt nicht das Hörnchen, sondern einen Pfefferkuchen zum Mittag. Dann wird ihm das Maul zugebunden. Die Frauen der großen Mieter lachen sich fast kaputt. Sie klatschen sehr laut. Die kleinen Mieter gucken sehr ernst zu dem umgekippten Tisch. Sie klatschen leiser. Nun ist Schluß. Mit dem Puppenspiel. Schade. Es war so kurz. Die kleinen Mieter dürfen die Puppen anfassen. «Los, Kinder. Spielt doch mal!» Den kleinen Mietern fällt nichts ein. Sie spielen nicht. Hinter dem umgekippten Tisch. Die kleinen Mieter laufen mit den Puppen im Weihnachtsfeierklubraum herum.

Aber die Frauen der großen Mieter sind wieder im Gespräch. Am Tisch für die großen Mieter. Sie trinken Glühwein. «Hier, Kinder, sind auch ein paar Tischspiele. Spielt doch mal!» Am Tisch für die kleinen Mieter.

Einige würfeln. Einige legen Disko-Platten auf. Die Kleineren laufen um die Tische herum. Sonst passiert nichts. Allmählich wird es leiser ... Da. Eine der Frauen schaut auf die Uhr. Was, schon zwei Stunden herum. Nun wird es aber Zeit. Wir müssen Schluß machen. Abräumen. Abwaschen. Ordnung schaffen. In dem Weihnachtsfeierklubraum.

«Ja, Kinder. Nun ist die Weihnachtsfeier für unsere kleinen Mieter zu En...» Doch. Wo. Die Kinder. Der Tisch der kleinen Mieter ist leer. Schon lange.

Jörg B. Bilke

Leben und Tod des Hammels Paul

Am liebsten erzähle ich diese Geschichte wildfremden Leuten, die von den Sorgen und Nöten der Nachkriegszeit nichts wissen und die noch mit leuchtenden Augen zuhören können. Rodach, so leite ich meinen Bericht immer mit Erläuterungen zur Ortskunde meiner Heimatstadt ein, liegt zwischen Coburg in Oberfranken und Hildburghausen in Thüringen.

Wir schrieben den zweiten Winter nach Kriegsende, die Väter waren noch in Gefangenschaft, wir aßen alles, was wir kriegen konnten, Fleisch war selten darunter, und da schenkte uns das Christkind den Hammel Paul.

Erzähle ich diese Geschichte, wie sie sich Weihnachten 1946, als ich neun Jahre alt war, zugetragen hat, vor meiner zahlreichen Verwandtschaft, ernte ich schon jetzt, nach dieser zeitgeschichtlichen Einleitung, die ersten Zwischenrufe. Gehungert haben wir nicht, ruft meine Tante, wir hatten Hasen im Stall und Hühner auf dem Hof, und überhaupt erzählst du diese Geschichte ganz falsch.

Meistens nimmt dann ein Onkel, der sonst als schweigsamer Zuhörer bekannt ist, das unrühmliche Ende des Hammels Paul vorweg und erklärt, es sei ein Birnbaum gewesen, unter dem ihm beim Grasen im Sommer 1947 die Luft ausging, und kein Apfelbaum. Und wenn dann meine Mutter, die meine Version auswendig kennt, korrigierend eingegriffen hat, daß die Farbe der Schleife, die Paul getragen hat, als er zitternd vor Angst 1946 unterm Weihnachtsbaum stand, blau und nicht rot gewesen sei, entwickelt sich ein gewaltiger Streit über jene Hungerjahre, daß ich beschämt verstumme, weil ich offensichtlich eine ganz andere Geschichte erlebt habe.

Besonders meine jüngste Schwester, die drei Jahre nach

Pauls Tod geboren ist, besteht hartnäckig auf ihrer Version und zitiert, da sie Geschichte studiert hat, hämisch zeitgenössische Quellen, wonach das, was ich erlebt habe, gar nicht geschehen sein könne. Ich müsse mich da wohl kräftig irren, meint sie, und dann stimmt der Rest der Verwandtschaft vorwurfsvoll ein, mein Erinnerungsvermögen müsse bei fortschreitendem Alter schon arg getrübt sein.

Aber mein Gedächtnis arbeitet noch immer vorzüglich, und von fremden Leuten bekomme ich bewegte Zustimmung, wenn ich diese Geschichte erzähle.

Wir hatten, so möchte ich jetzt fortfahren, einen Hammel Paul, der stammte vom Schweighof und beging Selbstmord. Mein Onkel und ein befreundeter Rechtsanwalt, der bis 1995 in Coburg gelebt hat, hatten ihn von Franz Pfeiffer erworben und meiner Mutter Weihnachten 1946 geschenkt. Er sollte das üppige Gras abfressen, das unter den Apfelbäumen in unserem Garten wuchs, und später, wenn er fett genug geworden war, sollte er auch geschlachtet werden. Aber dazu verweigerte er, wie schon zu hören war, die Zustimmung, weil er aus freien Stücken aus dem Leben schied, falls man nicht seinen jähen Tod als Verkettung unglücklicher Umstände ansehen möchte.

Wie man sieht, beginnen hier schon die Unklarheiten, die dieses kurze Hammelleben begleiten. Allein der Umstand, daß noch im Jahr 1947 das Fleisch geschlachteter Haustiere abgeliefert werden mußte (weshalb die Mästung eines Weihnachtshammels für das Rodacher Rathaus, das mißtrauisch alle Schwarzschlachtungen überwachte, ein undankbares Geschäft war), zeigt, mit welchen Zweideutigkeiten Leben und Tod des Hammels Paul belastet waren.

Er stammte also, das immerhin steht unumstößlich fest, vom Schweighof, wurde dort von den beiden schon erwähnten Herren als Weihnachtsgeschenk für meine Mutter gekauft und sollte zu Fuß die drei Kilometer bis zur Heldritter Straße laufen, aber er wollte nicht. In der Höhe des Brunnenhäuschens, von wo aus die Pfeifferschen Felder berieselt wurden, blieb er stehen und strebte rückwärts.

Die Sage berichtet, daß die beiden eher schwächlichen Herren (man schrieb schließlich Weihnachten 1946, und es gab wenig zu essen) den Hammel Paul an Ohren und Schwanz packten und so noch einige Meter in Richtung Rodach schieben konnten. Doch wer die Gegend kennt, wird mir darin zustimmen, daß der Schweighof immer noch bedrückend nahe lag. Also wurde ein Handwagen geholt und Paul, der vor Angst die Ladefläche bekleckerte, auf Umwegen nicht in unseren Garten gebracht, sondern in den Ziegenstall der Alma Weber, was unsere Nachbarin war und die Großmutter meines Freundes Erhard.

Am nächsten Morgen, es muß der 24. Dezember gewesen sein, brachte ich den Handwagen zum Schweighof zurück und entdeckte dabei den Schafmist auf der Ladefläche. Als ich neugierig Erhards Großmutter danach fragte, antwortete sie nur, das seien wohl ihre Stallhasen gewesen, was durchaus zutreffen mochte, denn nach dem Krieg war es üblich, der Fleischversorgung wegen Stallhasen zu züchten; wir hatten auch welche. Aber Schafmist und Hasenmist sahen ganz verschieden aus, das wußte ich schon als kleiner Junge.

Also zog ich den Handwagen durch die kalte Winterluft zum Schweighof und hatte viel nachzudenken. Sonst verlief der 24. Dezember ruhig bis zur Bescherung. Wir standen (meine Mutter, meine beiden Schwestern, meine Tante, meine Base und ich) in unserer Wohnküche unter den brennenden Kerzen des Weihnachtsbaumes und sangen voller Inbrunst «Stille Nacht, heilige Nacht» oder «O Jesulein zart», so genau läßt sich das nicht mehr feststellen, als von draußen plötzlich ohrenbetäubender Lärm losbrach: fluchende Männerstimmen und Schafblöken dazwischen. Und dann ging die Tür auf, als wir gerade «Tochter Zion, freue dich» anstimmten, und der Hammel Paul wurde hereingeschoben mit einer roten Schleife um den Hals, verdrehten Augen, schwankenden Beinen, die nach vier Seiten auseinanderstrebten, und heftig Wasser lassend.

Die Zeit bis zu seinem Selbstmord war ausgefüllt mit redlicher Pflichterfüllung. Er graste, an einer langen Kette befestigt, in allen Gegenden unseres weitläufigen Gartens, fraß nicht abgeerntete Äpfel von den unteren Ästen der Bäume, erschreckte die Hühner, wurde von uns Kindern, die ihn liebten, als Zugtier benutzt und konnte ganz dämlich grinsen, wenn er die Oberlippe zurückzog.

Der Tag, an dem er seinem Leben ein jähes Ende setzte, war grau und regnerisch. Er graste im Blumengarten, verhedderte sich mit der Kette in einem Strauch, schnürte sich so die Kehle zu und erstickte langsam. Wäre die Male nicht gewesen, unsere Nachbarin vom Heldritter Steig, die draußen auf dem Feldweg in ihren fünf Röcken vorüberruderte, hätten wir Pauls Tod überhaupt nicht bemerkt. Aber die Male hielt sich schnaufend am Zaun fest, sah unseren Paul am Boden liegen, die Zunge aus dem Maul hängend, und schrie markerschütternd: «Euer Paul stirbt!»

Unsere Mutter stürzte aus dem Haus, hielt dem Sterbenden das Haupt, wie man es in solchen Fällen zu tun pflegt, besann sich dann doch eines Besseren, holte ein Küchenmesser und stach ihn ab. Unterdessen lief unser Dienstmädchen in Fladts Bauernhof, wo meine Tante beim Dreschen half. Atemlos stürzte sie in den Hof und schrie den Dreschenden entgegen, um den Lärm zu übertönen: «Der Paul ist tot! Der Paul ist tot!» Ihr schreckensbleiches Gesicht und ihre vom Entsetzen gefärbte Stimme blieben nicht ohne Wirkung. Jedenfalls berichtete meine Tante Jahrzehnte später noch, daß die Dreschmaschine sofort abgestellt wurde und sich ehrfürchtiges Schweigen ausbreitete, die männlichen Drescher zogen sogar die Mützen vom Kopf, in der Annahme, ein naher Verwandter sei verschieden.

Der nahe Verwandte Paul wurde inzwischen, da auch die Herren im Rodacher Rathaus Menschen waren, die man betrügen mußte, von meiner Mutter kunstgerecht zerlegt. Sie kürzte die Beine, um wenigstens Hammelbrühe kochen zu können, schnitt hier und da ein Stück Fleisch ab: ein Hammel wäre das nicht mehr geworden, hätte man ihn im Rathaus wieder zusammensetzen wollen. Aber wir immerhin hatten einige schmackhafte Mahlzeiten.

Damit wäre die Geschichte eigentlich beendet. Aber Paul war eben kein gewöhnliches Schaf, er hatte ein Nachleben. Ein gewöhnliches Schaf wird gemästet, geschlachtet und gegessen. Doch Paul lebt immer noch. Fast fünfzig Jahre nach seinem gewaltsamen Tod. Er aufersteht immer dann, wenn wir irgendwo in Freiburg, Hanau, Königstein oder Northeim zusammensitzen und von den längst verflossenen Jahren in Rodach erzählen.

Dann wuchern die Legenden, dann verzweigt sich die Geschichte vom jähen Tod des Hammels Paul. Hat er sich tatsächlich erhängt, oder hat ihn meine Mutter bei lebendigem Leib erstochen, um endlich wieder ein Stück Fleisch in den Kochtopf stecken zu können? Hat die Male das vom Zaun aus beobachtet und ist als Tatzeugin bestochen worden? Wer hat mit wem unter einer Decke gesteckt beim Tod des Helden vom Schweighof in jenen Hungerjahren nach 1945? Das alles wird sich heute nicht mehr klären lassen, wozu auch?

Und wenn ich mit meiner Geschichte, trotz der Zwischenrufe meiner Verwandten, fast am Ende angelangt bin, lauschen alle ergriffen und schweigen. Die Einwürfe und Gegendarstellungen haben sich längst erledigt, und besonders die Augen der jüngeren Familienmitglieder, die Jahre nach dem Krieg geboren wurden und heute längst erwachsen sind, leuchten auf, wenn sie von jenen Zeiten hören, wo man beim Tod eines Hammels noch weinen konnte.

Sylvia Schönhof

Die Marienkapelle

Die Kinder sind in alle Winde verstreut und leben ihr eigenes Leben, und so sind die Eltern das erste Mal Weihnachten nicht zu Hause. Sie wollten keine unbekannten Gegenden erforschen oder vor dem Weihnachtsfest in den Süden fliehen, und so fuhren sie, nach langer Zeit wieder einmal, in das vertraute Bergdorf, um hier das Weihnachtsfest zu erleben.

Sie laufen schon lange durch den Schnee dem Talende entgegen. Die Spuren im Schnee sehen aus wie ein Schnittmusterbogen erstarrter Bewegungen, und die Ferne lockt, doch beim Näherkommen entfernt sie sich, und so sind sie weiter gegangen, als sie vorgehabt hatten. Der blaßgraue Winterhimmel hat sich inzwischen zartrosa gefärbt, und aus dünner Schleierbewölkung fallen einzelne Flocken. Gerda fällt eine Zeile aus einem Gedicht ein, und sie meint nun auch, das leise Glockenläuten des fallenden Schnees zu hören.

Ihre Schritte werden schneller und der Abstand zwischen ihnen größer. Martin sieht sich nicht mehr um, ärgert sich über ihre Langsamkeit, auf die er früher noch Rücksicht genommen hatte. So schnell sie kann, hastet Gerda ihm nach und denkt daran, warum sie sich in der letzten Zeit voneinander entfernt haben. Irgendwann fragte er nicht mehr, wie es mir geht – aber habe ich ihn denn danach gefragt, fällt ihr auf. Er lebt sein eigenes Leben, in dem ich kaum noch vorkomme. Unsere gemeinsamen Reisen sind noch eine Klammer, doch sind sie längst nicht mehr so schön wie früher. Am schlimmsten ist das Schweigen zwischen uns. Was haben wir früher geredet, uns alles sagen können, über alles sprechen können, am besten auf langen Wanderungen. Einmal hatten wir uns in bekanntem Gelände sogar verlaufen, weil wir so vertieft in unsere Gespräche waren und nicht auf die Zeichen am Wege achteten. Wann hat diese Sprachlosigkeit nur begonnen, sinniert sie stehenbleibend und nach Luft ringend, wobei sie ihren neuen roten Anorak aufknöpft. Als die Kinder aus dem Haus waren, hinterließen sie diese Stille. Der Freundeskreis ist auch kleiner geworden, schmerzliche Verluste und räumliche Trennungen ließen ihn zusammenschmelzen. Was haben wir früher für fröhliche Feste gefeiert, denkt sie wehmütig im Weitergehen. Doch das ist lange her. Seit seiner Pensionierung ist Martin fast noch weniger zu Hause als zuvor, und mir kommen seine vielen Aktivitäten wie eine Flucht vor. Flucht wovor? Vor mir? Vor sich selbst?

So verkroch sich Gerda in dem zu groß gewordenen Haus in ihre Hütte, wie sie den Raum unter dem Dach nennt, der nach dem Auszug des jüngsten Kindes ihr Refugium wurde, wo sie schreibt und malt und den Sternen etwas näher ist. Aber ich muß nicht nach den Sternen greifen, um sie auf die Erde zu holen, denkt Gerda, die Erde ist selbst ein Stern. Gerda hat sich damit abgefunden, abfinden müssen, daß sie meist allein ist, wo sie doch früher gedacht hatte, daß sie im Alter mehr Zeit füreinander haben werden. Aber manchmal fehlen ihr seine Worte, ein Lächeln, ein Zeichen der Zuneigung, und manchmal verdichtet sich der Rauch aus der Asche ihrer Gedanken zu Ängsten.

Der Himmel ist grau geworden, und sacht fällt feiner Schnee, überdeckt die Spuren, macht die Welt hell und unberührt wie am ersten Tag. Martin läuft mit Riesenschritten, als er plötzlich hinter sich schwach ihren Aufschrei hört. Er dreht sich um und sieht einen leuchtendroten Fleck im Weiß. Er hastet zu ihr, und als er ihr aufhilft, kann sie nicht auftreten, steht mit schmerzverzerrtem Gesicht auf ihn gestützt auf einem Bein. Irgend etwas ist beim Ausrutschen und Fallen mit ihrem linken Fuß geschehen. Sie kann keinen Schritt gehen, und bis zum Dorf ist es noch eine gute Stunde. Geschockt und ratlos verweilen sie in dem immer dichter werdenden Schneetreiben. Wir müssen zur Kapelle, hoffentlich ist sie geöffnet, sagt Martin in die tiefe Stille hinein. Als er sie auf seine Arme nimmt, bemerkt er, daß sie noch immer so leicht und zierlich ist wie früher, und wundert sich, daß ihm dies schon lange nicht mehr aufgefallen ist. Und während er Gerda zur nahe gelegenen Marienkapelle trägt, steigt in ihm das Bild hoch, wie er sie im weißen Hochzeitskleid über die Schwelle ihres Heimes trägt, und er denkt über vergangene Zeiten nach, und eine Ahnung streift ihn von der Einsamkeit seiner Frau.

Die Kapelle ist offen, und er setzt sie vorsichtig auf eine Bank. Heute ist Heiligabend, denkt Gerda, und im Hotel wird es ein festliches Abendessen geben, und überhaupt habe ich mich so sehr auf diese Reise gefreut, zu der ich ihn erst mühsam überreden mußte. Ich habe gehofft, daß wir uns in erzwungener Einsamkeit wieder näherkommen würden, ich wollte einfach an ein Wunder glauben. Und nun dieses Pech, es wird alles kaputtmachen, nichts ist ihm verhaßter als Unvorhergesehenes, nicht Geplantes. Ich werde ins Dorf gehen und Hilfe holen, unterbricht Martin ihre Gedanken. Nein, sagt sie laut, nein. Bitte geh nicht fort, laß mich hier nicht allein. Hast du Angst, fragt er erstaunt, hier ist doch keine Menschenseele. Das ist es ja, entgegnet sie leise, keine Menschenseele – und heute ist Heiligabend.

Sie beschließen, die Nacht in der Kapelle zu verbringen. Die noch lange vom Schnee erhellte Dämmerung ist nun in Dunkelheit übergegangen. Martin entzündet ein paar Kerzen vor dem Marienbild und legt pflichtbewußt das Geld in das daneben hängende Kästchen. Er öffnet den Rucksack, packt das Erste-Hilfe-Täschchen, die Thermopäckchen, Schokolade und Kekse – unser Weihnachtsmenü, denkt Gerda beim Anblick der Notration, die sie auch früher schon auf allen Wanderungen mithatten – und Pullover aus. Gerda nimmt Schmerztabletten ein, doch als Martin dann vorsichtig den Bergstiefel entfernt, entfährt ihr doch ein Schmerzenslaut. Der Knöchel ist stark geschwollen, und er umwickelt ihn mit einer Elastikbinde. Der Schuh paßt nun nicht mehr, aber es wird auch so gehen, denn Gerda hat dicke Socken an. Dann faltet er die Thermopäckchen auseinander und hilft ihr, sich in eines einzuhüllen. Als er nochmals in den Rucksack greift, hält er plötzlich einen schwarzen, mit weißen Adern durchzogenen Stein in der Hand. Sieh mal, was ich gefunden habe, sagt Martin, wie lange mag er wohl im Rucksack gelegen haben, und wo haben wir ihn aufgelesen?

Bei der Suche nach seinen Ursprungsort sind sie unversehens in ein angeregtes Gespräch über ihre früheren Reisen, die sie zumeist in die beide faszinierende Bergwelt führten, geraten. Und ganz allmählich sprechen sie über sich. Es ist wie ein Dammbruch, zuerst sickert Wasser durch einen Riß, bis die drängenden Wassermassen die Barriere niederreißen. Sie gehen den langen Weg in die Vergangenheit, und als sie zurückkehren, sind sie total erschöpft und trotzdem leicht und froh wie lange nicht mehr. Gerda streckt sich auf der harten Bank aus und legt den Kopf in seinen Schoß. Verzeih mir, flüstert Martin, beugt sich über sie und küßt sie, und Gerda scheint es, als würde Maria ihr zulächeln. Ein Strahlenkranz umgibt sie, und Gerda denkt, ehe sie einschläft, an ihre heimatliche Kirche und daran, wie oft sie dort zu Füßen des Marienbildes im stummen Gebet gesessen hat.

Gerda träumt, daß sie im Großen Wagen durch den Himmel fährt und laut nach Martin ruft, der immer wieder hinter geisterhaften, opalisierenden Schleiern verschwindet, und sie dann auf der Mondsichel, diesem Boot für Seelen, mit Segeln aus irisierenden Mondregenbögen, über schwarzen Samt gleitet. Und tief unter sich sieht Gerda, wie über bleiche Felszacken eine schmale Silberlinie läuft, die sie vom Himmel trennt. Sie läßt sich aus dem Himmelsboot fallen und balanciert auf dieser Silberlinie, die in eine breite Treppe mündet, an deren Ende ein heller Stern leuchtet. Von irgendwo taucht Martin auf und trägt sie diesem Stern, dessen Licht immer heller wird und den Mond und den Großen Wagen überstrahlt, entgegen. Gerda streckt die Hand aus und berührt den Stern, und in diesem Augenblick wird sie von einem hellen Lichtschein und Stimmen geweckt.

Die Männer der Bergwacht drängen in die kleine Kapelle. Als die beiden nicht zum Abendessen erschienen sind, hat man vom Hotel aus die Bergrettung benachrichtigt. Martin hatte, wie früher auch schon, gewissenhaft im Hotel Bescheid gegeben, welchen Weg sie gehen würden, ohne zu ahnen, daß sie dieses Mal Hilfe brauchen würden und ihn dieser Weg zurück zu Gerda führt.

Der Schneefall hat aufgehört, und als Gerda zum Schlitten getragen wird, denkt sie daran, daß sie sich schon als Kind und später noch gewünscht hatte, so richtig einzuschneien, abgeschlossen von der übrigen Welt zu sein, unerreichbar für ihre Anforderungen, einfach aus der Zeit zu fallen. Sie sieht zum nächtlichen Himmel empor, an dem nun wieder die fernen Sterne funkeln, und sucht den Stern, den sie im Traum berührt hat.

Christel Bürkner

Die schlesische Weihnacht

Eigentlich fing es damit an, daß Mutter den Lebkuchenteig anrührte, lange vor dem Fest. So richtig gute Lebkuchen brauchten nach dem Backen schon eine geraume Weile, ehe sie weich und saftig wurden. Allein schon der Duft, der die Küche einhüllte, Kardamom und Zimt, Honig und viele Gewürze, die man als Kind ja nicht so genau definieren konnte. Unsere große weiße Backschüssel nahm alles auf, und dann wurde geknetet und probiert. Da noch ein Quentchen Sirup oder eine Prise Hirschhornsalz. Wenn Mutter nicht hinsah, naschte ich heimlich. Der Teig war eine zähe, klebrige Masse, und nur ein wirklich gesunder Kindermagen konnte das verkraften. War er fertig und wurde ausgerollt, bekam ich auch Ausstechförmchen und konnte mithelfen. Aber wohlweislich auch ein eigenes Backbrett, denn nach mehrmaligen Ausrollversuchen färbte sich mein Klümpchen Teig noch dunkler, als es von Natur aus schon war. Das meiste landete sowieso in meinem Schleckermaul. Waren alle Plätzchen im Ofen, fing es an zu duften. Vater kam dann auch in die Küche. Während Mutter ein Blech nach dem anderen aus dem Herd holte, stibitzten wir schon die heiße Köstlichkeit.

Große Lebkuchendosen wurden herbeigeschafft und nach dem Erkalten der Plätzchen bis an den Rand gefüllt. Vieles wurde probiert, obwohl die Besagten, Süßen doch sehr hart waren. Aber bald schon, in ein paar Wochen, würden sie weich und gut sein. Zu dieser Zeit fingen auch all die Heimlichkeiten an. Im Haus, in der Wohnung, schleppte bald jeder von uns etwas mit sich herum. Wo war wohl der beste Platz, um etwas bis Weihnachten zu verstecken? Unser Vater war im Keller tätig und kam bisweilen nur noch zu den Mahlzeiten herauf. Überhaupt, die Speisen vor Weihnachten waren nicht üppig. Man sollte sich die Gelüste aufsparen, damit die Vorfreude auf die vielen guten Dinge so richtig genossen werden konnte. Mutters Heimlichkeiten erstreckten sich bis in die Nacht hinein. Denn tagsüber wurde sie gequält mit so vielen Fragen, wenn sie auch nur ein kleines, buntes Tüchlein oder ein Stoffrestchen in der Hand verbarg. Gehäkelt und gestrickt hat sie dann bis in den frühen Morgen. Puppenkinder, die zerzaust aussahen, bekamen unter ihrer Hand wieder Glanz und neue Kleider. Am Heiligen Abend saßen sie dann unter dem Baum, die Annas und Lottchens. Mit blauen und weißen Bändern im Haar, manche hatten sogar neue Schühchen an.

Ich habe damals versucht, mit meinen ungeschickten kleinen Kinderhänden einem grauen Knäulchen Wolle und einer so verflixt glatten Häkelnadel ein Geschenk für Mutter zu entlocken. Die Finger verkrampften sich, und der so erbärmlich wirkende Topflappen war hart wie Stein. Dann warf ich meistens alles erst einmal in die Ecke und verlegte mich aufs Malen. Dabei blieb ich dann, Vater und Mutter freuten sich anscheinend doch immer wieder am meisten über diese «Stilleben» aus meiner Hand. Sie taten jedenfalls so.

Das Wohnzimmer blieb so ab Anfang Dezember für uns Kinder tabu. Der Schlüssel zur Tür wurde versteckt, und nur Mutter oder Vater holten ihn hervor und gingen leise ein und aus. Selbst das Schlüsselloch wurde verstopft, damit auch ja nichts zu entdecken war.

Die Adventszeit war also aufregend und schön zugleich für uns. Der Breslauer Weihnachtsmarkt mit dem Zauber der Buden, dem Duft nach Zimt und Glühwein. Um diese Zeit lag meist schon der erste Schnee, und wir gingen mit Mutter dorthin, um zu schauen und auch um ein wenig zu kaufen. Ich besaß einen kleinen, warmen Muff und eine weiße, herrliche Pelzmütze. Beides war aus Kaninchenfell und alles Handarbeit. Ich stapfte neben Mutter her und begutachtete die vielen Dinge. Hampelmänner in allen Farben. Zinnsoldaten für die Jungen. Man konnte heiße gebackene Äpfel bekommen, knackige Würstchen bei der alten Marktfrau. Ihr Gesicht war hutzelig, und aus ihren müden Augen rannen Bäche von Tränen, durch die Kälte verursacht. Ihre Hände waren rot und rissig. Sie pries immerzu ihre Ware an: «Heiße Wiener, a bissel Mostrich dazu, na, wie wär's, junge Frau?» Mutter ließ mich bei ihr immer für eine kleine Weile zurück und verschwand mit einem Päckchen in einem der alten Häuser, direkt am Rathaus. Im zweiten Stock hatte ein Puppenmacher seine Werkstatt, und mir fehlten ja seit ein paar Tagen zwei meiner geliebten Puppenkinder. Wir gern wäre ich einmal mitgegangen, nach oben in diese Werkstatt. Mutter nahm mich niemals mit, ich weiß bis heute nicht den Grund. Aber es wird schon einen gegeben haben. Kam sie dann zurück, lachte sie und tat sehr geheimnisvoll. Wir gingen zusammen zu Waxmann, einem Süßwarengeschäft. Dort wurde eingekauft, was Kaufladen und Puppenstube so alles nötig hatten. Das meiste war «marzepanich» oder aus Fondant. Auch Liebesperlen und Zuckerlinsen usw. usw. Während Mutter aussuchte, wurde ich abgelenkt, denn alles um mich herum war Weihnachtsgeheimnis. Pfefferminzbruch kam als Abschluß in eine große Tüte. War die Draufgabe der Chefin selbst. Sie saß nur an der Kasse und sah nobel aus. Sie trug eine Gemmenbrosche an ihrer schneeweißen Bluse. Mutter und sie müssen sich gut gekannt haben, ihre Unterhaltung war immer sehr herzlich.

Dann wurde eingekehrt, meist in den Schweidnitzer Keller, einem Lokal im Rathaus. Jeder Breslauer kannte es. Es war urgemütlich, viele Studenten in ihren bunten Mützen saßen an weißgescheuerten Holztischen. Wie lang ist das nun alles her!

Wir gingen auch jedes Jahr um diese Zeit ins Breslauer Theater. Vater bekam immer Karten geschenkt. Allein die Vorfreude auf dieses Ereignis war riesig. Meist waren es Singspiele für Kinder, das Ballett «Die Puppenfee» oder «Der Kuchenpeter». Auch «Hänsel und Gretel», die Märchenoper von Humperdinck, stand auf dem Programm. Ich trug dazu ein Kleidchen aus hellblauem Musselin. Der kleine runde Kragen war aus grauem Satin, und mit weißen Strümpfen und schwarzen Lackschuhen war ich wirklich fein herausgeputzt. Wie festlich war alles. Mutter ermahnte mich immer wieder, ja leise zu sein, nicht laut im Theater zu sprechen, überhaupt sich manierlich zu benehmen. Damals fiel mir das noch nicht schwer, die meisten Kinder in meinem Alter waren brav und wohlerzogen. Später, in Bayern, hatte ich so meine liebe Not mit dem Bravsein. Alles zu seiner Zeit!

Nikolause konnten mich damals nicht ergötzen, ich wußte schon, wie es damit aussah. Hatte einmal meiner lieben Tante Margot die Larve vom Gesicht gezogen und war daraufhin mehrere Tage ziemlich verstört. Ich hatte so fest an den heiligen Mann aus dem Himmel geglaubt. Eine Enttäuschung, die wohl jedem Kind nicht erspart bleibt.

Je näher das Christfest heranrückte, um so mehr Arbeit hatten die Eltern. Besonders Mutter gönnte sich keine Ruhe. Sie lief treppauf, treppab. Ihre von Natur aus roten Wangen wurden noch röter. Verwandte schauten bei uns herein, es wurden Berge von den saftigen Lebkuchen und ofenwarmer schlesischer Streuselkuchen aufgetischt. Jeder freute sich auf das Fest. Nur Mütter wirkten in diesen Zeiten auch gehetzt, genauso wie heute. Es hat sich auf diesem Gebiet nichts geändert. Nur alles war eine Spur leiser und geheimnisvoller. Weder grelles Neonlicht der vielen tausend Lichterketten in den heutigen Warenhäusern störte noch das schrille Gedudel der alten vertrauten Weihnachtslieder, die Kinderherzen begeistern sollten und Eltern in einen Kaufrausch stürzten. Das alles gab es damals noch nicht. Es wurde auch geschenkt, aber viel bedachter als heute. In den Gassen der Stadt huschten die Menschen, Christbäume wurden auf den Märkten angeboten. Sie kamen aus den Wäldern des Riesengebirges, dufteten nach frischem Harz und hatten Schneehauben auf Spitze und Zweigen. Allein diese Bäume trugen auch zum Geheimnis meiner Kinderzeit bei. Erklang am Heiligen Abend die kleine Glocke und die Wohnzimmertür wurde langsam geöffnet, dann war da nur erst einmal dieser Baum! So festlich geschmückt die Spitze mit den silbrig schimmernden Glöckchen daran. Eingesponnen in Fäden von feinem Engelshaar. Sie bewegten sich leise im Wind der Kerzenwärme. Kleine Trompeten und zerbrechliche Kugeln, Lametta und viele echte weiße Kerzen schmückten unsere Tanne. Im Zimmer war es ganz dunkel, nur der Baum strahlte, funkelte und duftete. Die Eltern standen Hand in Hand und schauten auf uns Kinder. Wie dankbar ich damals war, ja, das kann ich heute nur noch erahnen. Selbst in den Kriegsweihnachten haben die Eltern noch immer versucht, uns den Zauber dieser Stunden zu bescheren.

Christel Bürkner

Die schlesische «Fettlebe»

Schlesien war bekannt für seine deftige, aber auch feine Küche. Was mußten während der Weihnachtstage unsere Mägen nicht alles mehr oder weniger glimpflich überstehen?

Es war ja nicht so, daß die Leute der damaligen Zeit jeden Tag das «schlesische Himmelreich» auf Erden hatten! (Ein Gericht aus gekochtem, gedörrten Backobst, Kasseler und Klößen.)

Zuerst das Heilig-Abend-Essen. Schlesische Weißwurst, die überwiegend aus Kalbfleisch und Wein hergestellt wurde. Dazu die braune Wurst, Kasseler und Sauerkraut. Mutter aß auch noch Karpfen in polnischer Soße. Sie versuchte es jedenfalls. Meist war sie aber von all der Kocherei so satt und müde. Sie stellte sich am späten Abend, wenn wir Kinder glücklich und zufrieden ins Bett huschten, einen Teller, gefüllt mit Weißwürsten und Karpfenstücken, auf den Nachttisch. Meistens, dann mitten in der Nacht, fing sie an zu schmausen. Wohl auch zu Vaters Ergötzen, und beide tauschten leise Worte aus. Schon halb im Schlaf hörte ich sie kauen und wispern. Damals schlief ich noch im Zimmer der Eltern. Später, als beide Jungen im Krieg waren, bekam ich mein eigenes kleines Kinderreich.

Die Feiertage waren Tage zum Essen, zum Besuchen, zum Erzählen. Streuselkuchen, hohe Mohnbaben, aber auch der Frankfurter Kranz, so wie er noch heute gebacken wird, standen auf dem Verwöhnprogramm. Das Wohnzimmer, dank des guten, wärmenden Kachelofens so heimelig und gemütlich, nahm all die Tanten und Onkel, die Omas, die Freunde der Eltern auf. Wir Kinder aßen natürlich in der Küche, wurden nur zum Knickschen oder Diener machen hereingeholt. Nahmen artig die mitgebrachten Geschenke entgegen und trollten uns wieder in die Küche. Diese Art der Küchenenklave war sowieso besser für uns und die Kinder unserer Gäste. Verstanden wir doch nichts von den Gesprächen der Großen. Die Hauptsache, Kakao und Kuchen waren in Fülle vorhanden, die Weihnachtsteller noch voll.

Am Abend dann, wenn der Besuch sich nach vielen Verabschiedungen auf den Heimweg machte, schlich so manch einer von uns ins «Allerheiligste», leckte verstohlen die klebrigen Reste von «Kroatzbeere» oder «Danziger Goldwasser» aus den Likörgläsern. Man durfte sich nur nicht erwischen lassen, sonst gab's gestoßenen Hühnermagen, Mutters Leibrezept, zur «Läuterung»!

Am Jahresende, zu Silvester, gab's dann Punsch und vor allem die obligatorischen schlesischen Mohnklöße. Sie hatten ja beileibe nichts mit Klößen zu tun, man stach sie nur mit dem Löffel klößchenähnlich aus der Schüssel. Gut gekühlt, waren sie ein himmlischer Kontrast zu Glühwein und Punsch. Wir bekamen heiße Zitrone oder Himbeersaft.

Dazu gab es wieder Karpfen. Dieser schwamm bis zum Dunkelwerden noch munter in der gefüllten Badewanne. Erst dann ging Mutter ins Badezimmer, ließ das Wasser aus dem Becken und kam wenig später, mit hochrotem Kopf, meist patschnaß, aber triumphierend, den glitschigen Karpfen in der Schüssel, wieder heraus.

Ich habe immer nur den armen Fisch bedauert und war nicht zu überreden, etwas von ihm zu probieren. Die anderen hatten weniger Skrupel, Kopf und Gerüst lagen schon nach kurzer Zeit einsam und traurig auf der Butterplatte.

Ich hielt mich lieber an den Kartoffelsalat. Heute noch mache ihn ihn nach Mutters altem Rezept, manches Mal auch nach Großmutter Wieders Art, mit warmen, ausgelassenen Speckwürfeln. Egal auf welche Art, jeder langte dann zu, und Vater war zufrieden und Mutter glücklich.

So, oder ähnlich, verlief bei uns und bei anderen meiner schlesischen Landsleute das Weihnachtsfest.

Alle Jahre, immer wieder bis zur Flucht 1945. Da war es dann für viele Jahre vorbei mit Schmaus und Freude.

Ach ja, etwas wollte ich noch erwähnen. Nach den Festtagen kam dann die Waschfrau zu uns. Aber das ist eine andere Geschichte.

Gudrun Schmidt-Oechsner

Weihnachtszeit in den USA

Ausgerechnet Mitte November zog ich von Deutschland nach Chicago um. Keine günstige Zeit für einen solchen Wechsel! Vor allem der Gedanke an die bevorstehende Advents- und Weihnachtszeit machte mir regelrecht angst.

Wie schön war im letzten Jahr das Basteln, Singen und Plätzchenbacken mit den Kindern in der Schule gewesen! Wie gemütlich die Adventssonntage mit Freunden, Eltern und Geschwistern. Wie lebhaft waren die Gespräche beim Karpfen am Heiligen Abend, beim Gänsebraten am Weihnachtstag. Kaum konnten wir alle Besuche und Gegenbesuche bewältigen.

Und nun saß ich im fremden, kalten, windigen Chicago und kannte keine Menschenseele. Das würde eine trübsinnige Weihnachtszeit werden.

Mein Mann allerdings lachte mich aus. Er war schon seit einigen Monaten in der Stadt und war von Anfang an von seinen Arbeitskollegen ausgesprochen herzlich aufgenommen und bereits häufig eingeladen worden.

«Ja, weil du allein warst! Das hört nun sicher auf. Und überhaupt, wer wird sich in der Weihnachtszeit schon Fremde ins Haus holen?»

Ich kannte eben die Amerikaner und ihre Gastfreundschaft noch nicht. Schon kurz nach meiner Ankunft lud uns der Chef meines Mannes mit den engsten Mitarbeitern und deren Frauen zum Essen ein. Alle zeigten sich herzlich und liebenswürdig. Mein äußerst holperiges Englisch schien sie nicht zu stören. Außerdem kamen einige der Kollegen auch aus Deutschland, und so hatten wir ganz schnell Einladungen für alle Adventssonntage und einen 1. Adventssonntag, wie er «deutscher» nicht hätte sein können, mit selbstgebackenen Plätzchen, Weihnachtsliedern, Tannengrün und sogar richtigen Kerzen. Das war nicht selbstverständlich, denn eigentlich waren in Chicago alle offenen Feuer und damit auch Kerzenlicht wegen der Feuergefahr gesetzlich verboten. «Aber das sehen wir nicht so eng, wir sind sehr vorsichtig, lassen nie eine Kerze brennen, wenn wir nicht dabei sind, schließlich wollen wir während der Adventszeit ein wenig heimatliche Atmosphäre haben», erklärte uns Dorothy, die mit ihrem Mann vor etwa zehn Jahren aus dem Schwabenlande nach Chicago gekommen war. Die Kinder freuten sich sehr über den Adventskalender, den wir in der Lincoln Street, in der es viele deutsche Geschäfte gibt, in einem Schreibwarengeschäft gefunden hatten. Schallplatten mit Weihnachtsmusik bekamen unsere Gastgeber regelmäßig von ihren Verwandten aus Deutschland geschickt – als wir einige der bekannten alten Weihnachtslieder mitsummten, fühlten wir uns wie zu Hause.

Am nächsten Adventssonntag lernten wir dann etwas für uns ganz Neues kennen. Ein anderes Ehepaar aus der Firma hatte uns, etwas geheimnisvoll, zu einer kleinen Autofahrt eingeladen. Wir wunderten uns ein wenig, weil es inzwischen ordentlich geschneit hatte und die Straßen ziemlich glatt waren. Mußte es ausgerechnet eine Autofahrt sein? Bald erkannten wir, daß dies tatsächlich notwendig war – anders kam man nicht so ohne weiteres in die Wohngebiete, die in der Vorweihnachtszeit viele Besucher anlockten – wegen ihrer wirklich atemberaubenden Weihnachtsdekorationen vor den Häusern, in den Häusern, auf den Dächern ... Es war unglaublich! Zu einer Zeit, als man in Deutschland weder Türkränze noch Fensterschmuck, höchstens ein paar bescheidene Lichterketten in den Haupteinkaufsstraßen der Großstädte kannte, gab es in Chicago einen wahren Rausch an Farben und Formen. Es war nicht eigentlich schön, was da so zur Schau gestellt war – häufig, aus meiner Sicht, sogar eher das Gegenteil. Das Wort «Kitsch» drängte sich immer wieder auf. Und doch war das einfach sehenswert, vor allem jetzt, am frühen Abend, in der Dunkelheit, die doch durch unzählige Lämpchen, Lampen, Lichter erhellt wurde, so daß man überdimensionale Santa-Claus-Figuren – mit und ohne Rentierschlitten –, Schneemänner, einzelne Rentiere, häufig mit Glühbirne in der Nase, aber auch ganze Krippenaufbauten oder Christmas-Carol-Singer-Gruppen deutlich erkennen konnte. Viele der Figuren bewegten sich. Außerdem waren die Häuser häufig zusätzlich mit Lichterketten geschmückt, und in den großen Wohnzimmerfenstern ohne Gardinen drehten sich silberne, hellblaue, rosa Weihnachtsbäume über Bergen von Geschenkpaketen – jetzt schon, zwei Wochen vor Heiligabend. Undenkbar wäre das in Deutschland gewesen, wo erst zur Bescherung am Weihnachtsabend der geschmückte Nadelbaum mit den echten Kerzen von der Familie gesehen werden durfte.

Während in den Vororten der Reichen die großen Häuser mit ihrem Prunk beeindruckten, hatten sich in Vierteln mit kleineren, einander ähnlichen Stadthäusern die Bewohner durch eine andere Idee ins Gespräch – und in die Zeitung gebracht und dadurch ebenfalls Besucherströme angelockt: Jede Straße hatte sich ein besonderes Weihnachtsornament ausgedacht, vor jedem Haus war genau das gleiche aufgebaut. Da gab es eine Santa-Claus-Straße, eine Candle-Stick-Straße, eine Poinzetta-Straße, eine Rudolph-the-Rendeer-Straße. Vielfalt herrschte bei jedem Haus nur durch die unterschiedlichen Weihnachtsbäume im Fenster oder die Kränze und Weihnachtssonderbriefkästen an den Türen.

Ja, die Briefkästen! Bald sollten wir erfahren, daß die auch eine Rolle spielten. Nach und nach brachte uns der Postbote nämlich schöne bunte Weihnachtskarten – von Leuten, die wir täglich sahen, mit denen wir zusammenwohnten oder -arbeiteten. Das sei so üblich, erklärte man uns. Und bei einem kurzen Besuch in der Nachbarschaft sahen wir auch, daß man diese Karten sorgfältig aufhängte – um die Türrahmen herum oder reihenweise von der Wand herabhängend. Das gab wirklich einen hübschen Weihnachtsschmuck – und bald wühlten auch wir eifrig in den Drugstores herum, um besonders hübsche Karten für unsere neuen Freunde zu finden.

Und davon hatten wir bald immer mehr. Denn nun kam die Zeit der Christmas-Parties. Erst im Betrieb, dann aber auch im Hause des Chefs und einiger der leitenden Angestellten. Fröhlich ging es da zu. Es wurde eifrig getanzt, und bei Martinis oder Manhattans verloren sich schnell meine Hemmungen wegen meines schlechten Englisch, und ich fand es gar nicht mehr schwierig, mich mit ein paar Sprachbrocken, aber auch durch Mimik und mit Händen und Füßen zu verständigen, so daß uns auch nur Englisch sprechende Kollegen zu sich nach Hause einluden.

Kaum hatten wir genug Zeit für all die Briefe nach Hause. Schließlich mußten wir ja von all den neuen Eindrücken berichten – und die Lieben zu Hause wissen lassen, daß die Angst vor der traurigen, einsamen Vorweihnachtszeit im fremden Land völlig unbegründet gewesen war. Merkwürdigerweise wollte sich nicht einmal das Heimweh so recht einstellen. Aber das würde sicher kommen, wenn wir zum eigentlichen Weihnachtsfest zu zweit allein in unserer kleinen Wohnung sitzen und an die Lieben daheim denken würden.

Nun, auch dazu kam es nicht, denn das Ehepaar aus Schwaben schien sich ehrlich darüber zu freuen, als wir ihre Einladung, Heiligabend und den ersten Feiertag mit ihnen und ihren Kindern zu verbringen, nur zu gern annahmen. Mit Kirchgang, Bescherung unterm – grünen! – Weihnachtsbaum, mit Weihnachtsliedern und Festbraten war es gar nicht viel anders als daheim – nur daß wir hier neue Freunde zu den alten zu Hause dazugewonnen hatten. So feierten wir übrigens Weihnachten vier Jahre lang, bis wir nach Deutschland zurückkehrten. Am zweiten Feiertag übrigens saßen wir alle brav an unseren Arbeitsplätzen, denn einen zweiten Feiertag – den gibt es in den USA gar nicht!

Heinke Thies

Ein Weihnachtserlebnis

Seit vielen Tagen konnte ich nicht mehr einschlafen. Meine Gedanken kreisten immer wieder um das Weihnachtsfest. Dieses erste Weihnachten ohne meinen Mann, ohne den heißgeliebten Vater meiner Kinder. Wir können doch unmöglich das Fest feiern wie all die Jahre vorher mit Musik, Lichtern und Fröhlichkeit, Überraschungen und lachenden Gesichtern. Und alle am Kamin sitzen und weinen, wie es uns zumute war, das wäre gar nicht im Sinne des so fröhlichen Vaters gewesen. Endlich kam mir eine rettende Idee. Ich überlegte, wer in unserer Nachbarschaft einsam und traurig sein würde, und lud sie ein, den Heiligen Abend mit uns zu verbringen. Die Kinder waren mit mir froh über diese Ablenkung. Sie stellten einen großen Weihnachtsbaum in die Diele, schmückten ihn besonders sorgfältig, bastelten, kauften und verpackten kleine Geschenke, übten noch einmal die Weihnachtslieder auf ihren Instrumenten und vergaßen auch nicht, den Tieren eine Extraration Lieblingsfutter zu geben, so wie sie es immer bei ihrem Vater gesehen hatten.

Die Augen der Gäste strahlten, als sie in die Diele traten, die von den Kerzen am Weihnachtsbaum hell erleuchtet und von einem Kaminfeuer gemütlich warm war. Welch eine bunte Gesellschaft! Der Älteste, gerade neunzig Jahre alt geworden, war gebürtiger Belgier. Von ihm hatten mein Mann und ich den Hof vor Jahren gekauft, auf dem er aber weiterhin mit uns lebte. Er war für uns wie ein Vater und für die Kinder der beste Großvater, den man sich denken kann. Er brachte einen Russen mit, der früher bei ihm als Gärtner gearbeitet hatte und der sich jetzt, ohne Garten und Blumen, verloren vorkam im Altersheim, in dem er zusammen mit anderen Männern in einem kleinen Zimmer hausen mußte. Gleich nach ihnen kam die flinke kleine Elsässerin herein. Sie war durch den Krieg hierher nach Südwestfrankreich verschlagen worden. Ich sah sie fast täglich, denn sie arbeitete bei uns, drinnen und draußen, wo gerade Not am Mann war. Als sie vor vielen Jahren zum erstenmal miterlebte, wie wir, die wir aus Deutschland stammen, das Weihnachtsfest vorbereiteten, mit Adventskranz, Singen, Pfeffernüsse backen, Geschenke basteln, Gedichte lernen und noch vielem anderen, brach sie in Tränen aus. Genauso war es in ihrem Elternhaus im Elsaß auch gewesen. Sie hatte das fast vergessen, denn hier im Süden feiert man Weihnachten ganz anders. Das Fest beginnt erst mit der Mitternachtsmesse, an die sich das große Weihnachtsessen anschließt. Am ersten Feiertag besuchen sich Verwandte und Freunde, und am 26. Dezember ist schon wieder Arbeitsalltag.

Danach kam der lange, dünne Cosma, ein Grieche, angeschlendert. Er war zwar schon in Paris geboren und aufgewachsen, doch seine Eltern lebten dort im Kreise ihrer Landsleute, und seine Mutter hatte nie Französisch sprechen gelernt. Als Maurer, auf der Suche nach Arbeit, hatte er ganz Frankreich durchwandert und war dann eines Tages in unserer Gegend hängengeblieben, denn hier, wo die Häuser alle aus dicken Natursteinen gebaut sind, war er in seinem Element. Niemand konnte die Steine so kunstgerecht behauen wie er. Allerdings wurden die Wände nie ganz gerade und die Ecken nicht rechtwinklig. Das verhinderte der Wein, mit dem er ständig seinen großen Durst löschen mußte. Doch diese Unregelmäßigkeiten machten den besonderen Charme seiner Werke aus. Es wurden keine zentimetergenauen Neubauten, sondern sie paßten sich, mit Winkeln und krummen Balken, den schönen hundertundmehrjährigen alten Bauernhäusern der hiesigen Gegend an, als hätten sie schon immer dazugehört. Cosma wohnte im Wald in einem Wohnwagen. Seit Jahren träumte er davon, für sich selbst ein Häuschen zu bauen, doch der ewige Durst machte ihm immer wieder einen Strich durch die Rechnung. An diesem Abend paßte eine ältere Pariserin, die ihren Platz neben ihm einnahm, heimlich darauf auf, daß sein Glas nicht zu schnell wieder gefüllt wurde. Sie war Witwe und verbrachte nur ihre Ferien in unserem Dorf, weil sie sich hier nicht ganz so verlassen fühlte wie in der Großstadt. Die Freude darüber, daß sie diesen Abend nicht alleine, sondern in der Runde mitfühlender Menschen verbringen durfte, strahlte aus ihren Augen. Ihr gegenüber träumte ein Ukrainer in die Weihnachtslichter. Seine Frau und er waren vor vielen Jahren auf abenteuerliche Weise dem russischen Regime entflohen. Die Frau, immer heimwehkrank, war vor einigen Jahren gestorben, ohne daß ihre Hoffnung, die Heimat wiederzusehen, in Erfüllung gegangen war.

Meine Kinder waren hier in Frankreich geboren und aufgewachsen, doch das Weihnachtsfest wurde immer so gefeiert, wie sie es von den deutschen Eltern und Großeltern gewöhnt waren. An diesem Abend wurden Lieder und Weihnachtsgedichte abwechselnd auf französisch und deutsch vorgetragen und die Weihnachtsgeschichte auf französisch gelesen, so daß alle sie verstehen konnten. Durch Wärme, Wein und gutes Essen wurde die Runde immer fröhlicher. Die Kinder waren ständig damit beschäftigt, die Gäste zu bedienen, den Kamin mit Holz zu versorgen und die heruntergebrannten Kerzen zu ersetzen. Der Ukrainer sang einige sehnsuchtsvolle Lieder seiner Heimat. Die Pariserin gab ein paar lustige Gedichte zum besten, und Cosma erzählte spannende Erlebnisse aus seiner Wanderzeit. Keinem fiel es ein, daß noch vor ein paar Jahren grausamer Krieg zwischen unseren Vaterländern geherrscht hatte. Auch daß wir den verschiedensten christlichen Konfessionen angehörten, störte niemanden. Wir wuchsen an diesem Abend zu einem engen Freundeskreis zusammen. Uns alle einte der Wille, auch weiterhin einander zu helfen und, so gut es den Kräften des einzelnen möglich ist, dem nachzuleben, dessen Geburtstag wir feierten.

Ulrich Karger

Elektrische Weihnachtskerzen

Jedes Jahr dasselbe. Der Weihnachtsbaum war viel zu teuer und die Halterung für den Stamm des Baumes viel zu klein. Letzteres beschwor jedoch den Geist jener Heimwerkeleien, die einst für die Weihnachtszeit typisch gewesen sein sollen. Damals ersetzte allerdings wohl auch in jedem Haushalt die Axt den Zimmermann ... Mir dagegen leistete nur eine kleine angerostete Säge ihre Dienste – im zugigen Windschatten des Balkons. Klammstarre Finger samt leisen Krämpfen in den Daumenballen wurden nur von dem Gedanken an das schon bald frohlockende Kinderaugenpaar in Schach gehalten. Aber die Gedanken an so ein Kinderaugenpaar bilden ja ein nicht zu unterschätzendes Kraftreservoir.

Endlich war der vermaledeite Baumstamm der Halterung angepaßt – jetzt sah ich mich nur noch genötigt, ihn mitsamt seinen ausladenden Ästen durch die Balkontür ins Wohnzimmer zu bugsieren.

Nachdem ich die kaum bemerkenswerten Schäden am Baum und meine allerdings bemerkenswerten Leiden an Leib und Seele herausgestrichen hatte, mußte ich weder die abgebrochenen Zweige aufsammeln noch die abgefallenen Nadeln aufsaugen – mich in meinen Lehnsessel zurückziehen durfte ich allerdings auch nicht: Erst hatte ich noch an der Schmückung des Baumes mitzuwirken.

Ich bin für die Lichter zuständig. Solange unser Kind den alterstypischen Hang zur Pyromanie nicht überwunden hatte, mußten elektrische Kerzen herhalten, wiewohl Wachskerzen, insbesondere Bienenwachskerzen, natürlich viel, viel schöner anzuschauen sind. Andererseits haben wir die Erfahrung gemacht, daß die elektrischen Kerzen in so einer Weihnachtssaison weit öfter «mal eben» angedreht werden, als zuvor die «echten» je angezündet worden sind. Die genüßlich stimmungsvolle Betrachtungsdauer unserer Weihnachtsbäume war also um ein vielfaches gestiegen, was wiederum die Rentabilität dieser viel zu teuren Zierpflanzen immerhin erhöht hatte. Wer jetzt von Banausentum redet, kann nur nicht rechnen.

Mittlerweile war es nach achtzehn Uhr. Meine Frau hatte ich zuvor mit dem Hinweis beruhigt, daß ausreichend Ersatzlampen da wären, so sie denn nötig sind.

Der Baum war nicht nur zu teuer, sondern – wie immer – auch viel zu umfangreich. Es bedurfte einer hohen Kunstfertigkeit, die Lichterkette derart um die Astspitzen zu winden, daß sie wenigstens «vorne» ihre Leuchtkraft in angemessener Weise zu entfalten vermochte. Nicht eingerechnet die Anstrengung, sich auf das «richtige» Vorne zu einigen. Beides war wie immer der Strategie von «Versuch und Irrtum» unterworfen. Nur eine Birne war zu Bruch gegangen, die dann auch ohne weiteres von der Ersatzbirne ersetzt werden konnte. Ich fand eine Ersatzbirne durchaus ausreichend. Nicht so meine Frau. Denn ausgerechnet das Licht, welches vorne (!) in der Mitte des Baumes angebracht war, glimmte nur, anstatt gleich den anderen einen sanften Schein abzusondern. Um nicht doch noch in jenes, von uns beiden bei anderen sonst stets belächelte Ritual eines Vor-Weihnachts-Streites abzugleiten, mußte ich mir etwas einfallen lassen. Ich versuchte es mit einem Gleichnis.

«Eigentlich», hob ich an, «eigentlich ist dieses zugegebenermaßen nicht sehr leuchtstarke Licht ein Symbol für unsere Zeit.»

«Hört, hört!» ließ sich da meine über alles geliebte Frau vernehmen.

«Warte noch ein wenig! Vielleicht läßt du ja angesichts meiner Überlegungen Milde walten und ersparst mir das Ausgießen deines Spottkübels über mein nur noch spärlich bewachsenes Haupt.»

Das Mitleid mit meinen der Zeit und nicht zuletzt den Anforderungen meiner Familie geschuldeten Gebrechen hält jedoch meist nur kurz vor, also hieß es, den dünnen Faden schnell weiterzuspinnen.

«Sieh dir doch noch einmal diesen Baum mit seiner Lichterkette an. Alle Lampen leuchten und künden von der Freude, nur dieses eine Licht vermag nicht mitzuhalten. Was geschieht nun mit den meisten Ausgegrenzten dieser Welt? Sie werden von unseren Tischen verjagt, in Heimen kaserniert, wenn nicht sogar in U-Bahnschächten dem Vergessen anheimgestellt. Ist das aber die Botschaft des herannahenden Festes? Hat Jesus nicht gesagt: ‹Was ihr dem geringsten meiner Brüder tut, das habt ihr mir getan?› So laß dich also besänftigen, liebe Frau, und nimm mein ungebührliches, kaum verzeihliches Mißgeschick als ein Zeichen, das uns alle zum Frieden ermahnen soll – oder, wenn du unbedingt willst, benenne dieses schwache Licht nach mir, sage: ‹So glimmt mein rechthaberischer Gemahl, aber um des weihnachtlichen Friedens willen habe ich ihm verziehen und lasse ihn auch fürderhin an meinem Tische Platz nehmen.› Denn – nur noch dieser technische Einwand – solltest du dieses glimmende Licht entfernen, und wäre es auch bald gänzlich verloschen, leuchten die anderen Lichter nimmermehr. Der Stromkreis wäre unterbrochen ... Ich harre deines Bannspruchs.»

Wie immer empfand ich die Wirkung meiner wortreichen Bemühungen erstaunlich.

Als auch der eilfertig in die Tat umgesetzte Kompromiß nichts half, nämlich das glimmende Ungemach von der Mitte in eine Fassung des, wie ich meinte, unauffälligen Randes zu schrauben, mußte ich alte Freundschaften bemühen. Leider war ich offenbar nicht der einzige unverantwortliche Vater, der sein Kind mit Schäden für sein ganzes Leben bedrohte. Erst der siebte namens Walter, nicht von ungefähr der mir unsympathischste Bekannte, hatte eine Ersatzbirne abzugeben. Eine Stunde Autofahrt hin und eine zurück, aber das Kind durfte an so einem Tag ja eh länger aufbleiben. Und dann war der Heilige Abend endlich vorbei und ein dick umrandeter Zettel geschrieben. Dieser Zettel sollte eine Woche später zum Jahresende seine Anwendung finden, faßte doch ein jeder und eine jede an Silvester gute Vorsätze für das neue Jahr.

Nun, eine jede und ein jeder weiß, was es mit zu Silvester gefaßten Vorsätzen auf sich hat: Es war wieder einmal Heiliger Abend, unsere Wohnzimmeruhr hat gerade wieder einmal achtzehn Uhr geschlagen, und ich wollte gerade zu einer neuen Variante des letztjährigen Gleichnisses anheben – da klingelte es. Walter, dieser Widerling, stand vor der Tür, in der einen Hand Blumen, in der anderen eine schleifenumwickelte Sechserpackung Ersatzkerzen für den Weihnachtsbaum. Und bevor ich nur irgendeinen Ton sagen konnte, winkte meine über alles geliebte Frau breit lächelnd ab, um mich dann im Vorbeigehen anzuzischen: «*Ich* habe nichts vergessen! Du halte dich jetzt einfach nur an dein Gleichnis von der ausgegrenzten glimmenden Leuchte ...»

Wer hat je behauptet, daß Weihnachten ein Fest des Friedens und der Freude sei?

Lieselotte Wright-Villier

Reise ins Ungewisse

Das kleine Backsteinhaus lag in der Nähe des Lüchower Bahnhofs.

An den Fenstern meines möblierten Zimmers zu ebener Erde strömten täglich die Menschen vorüber, um irgendein Ziel zu erreichen. Das Zimmer hätte gemütlich sein können, aber der alte Kachelofen fraß so viel Brennstoff, daß ich es mir nur einmal in der Woche leisten konnte, ihn anzuheizen. Not macht erfinderisch, und so wärmte ich in dem Küchenherd meiner ostpreußischen Nachbarin tagsüber die Ziegelsteine, um wenigstens ein warmes Bett zu haben.

Das war die Ausgangssituation, und mit dieser Perspektive ging ich auf Weihnachten 1951 zu.

Meine Sehnsucht, das Weihnachtsfest mit der Familie zu verleben, wurde immer größer, aber das war fast unmöglich. Ich hatte die russische Besatzungszone illegal bei Nacht und Nebel verlassen und keine Aussicht, jemals wieder nach dort zu gelangen, wo meine Eltern und meine Schwester noch lebten, nachdem wir 1944 in Duisburg ausgebombt waren.

Ich wußte aber, daß täglich von der Molkerei in Lüchow ein Tankwagen mit Milch nach Westberlin fuhr, und so reifte in mir der Entschluß, es auf diesem Wege zu versuchen.

Die Hilfsbereitschaft der Menschen in dieser Zeit war groß, und so gab es keine Schwierigkeiten, mein Vorhaben in die Tat umzusetzen. Meine Papiere waren in Ordnung, so daß ich ungehindert als Transitreisende durch die sowjetische Besatzungszone nach Westberlin reisen konnte.

Die Kontrollen bei Ein- und Ausreise waren natürlich streng, der Tankwagen wurde von allen Seiten begutachtet und von unten mit Spiegeln kontrolliert. Um ganz sicherzugehen, stocherten die Grenzkontrolleure auch noch mit langen Stangen in dem Tankwagen herum.

So war die Fahrt frei von Helmstedt nach Westberlin. Wir trafen dort in der Nacht ein, einen Tag vor Heiligabend. Ich übernachtete bei Freunden, dort hinterließ ich auch alles, was auf meine westliche Herkunft schließen ließ.

Mit meinem alten Ostzonenausweis fuhr ich dann zum Bahnhof und von dort in Richtung Nordhausen, also annähernd dieselbe Strecke zurück, die ich tags zuvor gekommen war.

Die Züge waren sehr voll, Tausende hatten das Ziel, Weihnachten daheim zu sein. In mir war eine große Angst, vor allem die vielen Uniformen beunruhigten mich. Immerhin bestand die Möglichkeit, daß ich auf irgendeiner Fahndungsliste stand. Gott sei Dank war zur damaligen Zeit der Überwachungsstaat noch nicht so durchorganisiert wie in späteren Jahren.

Am Heiligabend nachmittags fuhr der Zug in den Bahnhof Sangerhausen ein, dort mußte ich umsteigen. Trotz der bitteren Kälte traute ich mich nicht, in den Wartesaal zu gehen, sondern lief mit meinem Rucksack durch die verlassenen Straßen, in Erinnerung an schöne Ferientage, die wir 1943 dort verlebt hatten.

Endlich war die Zeit gekommen, der Anschlußzug lief ein. Ich stand am Zugfenster und schaute in die trostlose Winterlandschaft.

Am Bahnhof Nordhausen angekommen, lag noch ein weiter Weg vor mir, die Eltern wohnten außerhalb des damals noch selbständigen Ortes Salza. Die Angst war der Vorfreude gewichen und beflügelte meine Schritte. Nachdem die Stadt und das Dorf hinter mir lagen, sah ich inmitten der Felder unser «Behelfsheim», in dem meine Eltern untergekommen waren. Das Gebäude lag in tiefem Dunkel, alle Blendläden waren geschlossen, es war eine unsichere Zeit! Ich stand vor der geschlossenen Blendlade des Wohnzimmers und hörte vertraute Stimmen, ich war daheim!

Aus tiefster Seele begann ich zu singen: «Kling Glöckchen

– klingelingeling ... laßt mich ein, ihr Kinder, ist so kalt der Winter ... laßt mich nicht erfrieren, öffnet mir die Türen.» Die Tür öffnete sich, und lachend und weinend lagen wir uns in den Armen. Ein unbeschreibliches Glücksgefühl überkam mich, ein unerwartetes Wiedersehen war gelungen und erwärmte unsere Herzen.

Bis Silvester blieb ich dort, verließ nie das Haus und versteckte mich bei jedem ungewohnten Geräusch.

In der Silvesternacht hatte ich mich wieder mit den Fernfahrern in einem verlassenen Nest im Harz verabredet, um nun auf direktem Wege zurückzufahren.

Ich saß in einer Dorfkneipe und wartete. Als einziger Gast an diesem Abend erregte ich wohl das Mitleid des Wirtes, er kam an meinen Tisch und spendierte mir einen Likör.

Unbehelligt erreichte ich wieder das kleine dunkle Backsteinhaus am Bahnhof, und immer noch gehen die Menschen täglich an meinen Fenstern vorüber, um irgendein Ziel zu erreichen.

Heinz-Joachim Rembe

Weihnachten im Wilden Westen

Es war im Dezember 1944.

Im Alter von achtzehn Jahren war ich im Januar des Jahres in amerikanische Kriegsgefangenschaft geraten, und nun hatte es mich in die Berge der Wind River Range in der Nähe des Städtchens Dubois, Wyoming, verschlagen, wo ich zusammen mit noch achtzig oder hundert Kameraden in der Waldeinsamkeit der Rocky Mountains als Lumberjack arbeitete, als Holzfäller.

Die Landschaft, die uns umgab, war ohne Zweifel beeindruckend in ihrer Schönheit. Die Berge, die endlosen Wälder und nicht zuletzt die gewaltigen Schneemassen des Winters, so etwas hatte noch keiner von uns je gesehen.

Aber wenn wir an Weihnachten dachten, dann dachten wir an unsere Wälder daheim im Harz, im Schwarzwald, im Erzgebirge oder in Bayern, Wälder, die im Winter ganz von selbst Weihnachtsstimmung verbreiteten. Solche Weihnachtswälder gab es in den gewaltigen Landschaften der Rocky Mountains nicht!

Trotzdem sorgten wir für aufkommende Weihnachtsstimmung. Überall konnte man die Vorbereitungen auf das Fest des Jahres erahnen.

Unser Kompanieschreiber hatte sich zum Organisator aufgeschwungen und hatte einen Aufruf verfaßt, in dem er jeden aufforderte, in Vorbereitung der Weihnachtsfeier kleine Geschenke jeweils für die nächststehenden Kameraden hübsch verpackt in der Schreibstube abzugeben.

Besondere Betriebsamkeit entfaltete das Küchenpersonal. Honigkuchen aller Art wurden gebacken, und sogar kleine Pfefferkuchenhäuschen stellten sie her.

In den letzten Tagen hatte es mehr als sonst geschneit, so daß unsere Versorgung gefährdet schien. Nicht daß uns eine Hungerkatastrophe gedroht hätte – wir hatten Notverpflegung für mindestens einen Monat dort oben –, nein, aber zu Weihnachten würde es doch einiges zusätzlich geben. Das lag jedoch alles in Dubois fest, sechzehn Meilen von uns entfernt und tausend Meter tiefer am Fuß der Berge. Und der Weg dorthin war eine unpassierbare Schneewüste. Bevor unsere «Straße» nicht freigeräumt sein würde, war an eine Weihnachtsversorgung nicht zu denken.

Schon spielten wir mit dem Gedanken, mit unseren Pferden, die wir zum Holzrücken benutzten, nach Dubois zu reiten, um die dort lagernde Post und Marketenderware einfach selbst heraufzuholen. Als Marketenderware bezeichneten wir die Liebesgaben, die wir durch das Internationale Rote Kreuz aus Deutschland erhielten, kleine, bescheidene Geschenke, einige Päckchen Schwarzbrot, einiges Nähzeug, Briefpapier der einfachsten Art, Kalender und einige Bücher. Ich glaube, nicht einmal jeder von uns bekam davon ein Geschenk ab. Doch es waren Grüße aus der Heimat, darauf kam es uns an!

Entgegen allen Befürchtungen wurde jedoch am Tag vor Heiligabend unsere Zufahrtsstraße freigelegt, und der gesamte Nachschub kam heran. Für das Festtagsmenü waren sogar Puten dabei, das übliche Festessen der Amerikaner.

Damit traten nun unsere Weihnachtsvorbereitungen in die Endphase.

Die halbe Nacht waren Kameraden damit beschäftigt, unseren Speisesaal besonders festlich zu schmücken. Und in der Küche wurde gebacken und gebraten.

Der Kompanieschreiber als Spiritus rector der ganzen Aktion hätte es am liebsten gesehen, wenn wir das Frühstück vor Heiligabend sonstwo eingenommen hätten, damit wir nur nichts von seinen Vorbereitungen mitbekommen sollten.

Endlich war es soweit.

Gegen 16 Uhr versammelten wir uns alle im Speisesaal, Deutsche und Amerikaner gemeinsam.

Jeder hatte sich so festlich wie möglich gekleidet.

Vorn, an der Trennwand zwischen Speisesaal und Küche, standen links und rechts zwei große Weihnachtsbäume, die besonders liebevoll geschmückt waren. Es war schon beachtlich, was unsere Kameraden da alles drangehängt hatten. In Amerika wird ein Weihnachtsbaum viel bunter als bei uns angeputzt, für unseren Geschmack vielleicht etwas zu kitschig, aber es kommt genauso von Herzen wie bei uns. Auf allen Tischen standen bunte Teller mit Weihnachtsgebäck, und der Raum erstrahlte im warmen Licht unzähliger Kerzen.

Als jeder seinen Platz gefunden hatte, erhob sich der Schreiber und trug ein selbstverfaßtes Gedicht vor, von dem ich mich leider nur noch an die ersten zwei Verse erinnern kann:

«Habt ihr es schon vernommen?
Knecht Ruprecht ist genau wie wir
in Kriegsgefangenschaft gekommen!
Auch aß er diese C-Ration,
die uns bekannt als weiße Bohn.»

So ging es in launigen Versen weiter.

Als sein Vortrag zu Ende war, hörten wir, wie jemand draußen die Treppe heraufgepoltert kam. Die Tür öffnete sich, und herein kam – der Weihnachtsmann!

Er schleppte einen großen und offensichtlich schweren Sack auf der Schulter.

Am Ende des Speisesaales drehte er sich zu uns um.

Bei seinem Erscheinen war Bewegung im Saal entstanden.

«Wer ist denn das?» Das war die große Frage, die uns alle bewegte.

Er begann, das schöne Weihnachtsgedicht von Theodor Storm vorzutragen:

«Von drauß' vom Walde komm' ich her;
ich muß euch sagen, es weihnachtet sehr!
Allüberall auf den Tannenspitzen
sah ich goldene Lichtlein sitzen;
und droben aus dem Himmelstor
sah mit großen Augen das Christkind hervor.»

Wer konnte das bloß sein? Die Stimme war uns unbekannt.

«Das ist Hermann», mutmaßte einer.

«Nein, Hermann sitzt da drüben!» erwiderte ein anderer.

«Quatsch, das ist Hugo, das erkennt man doch schon am Dialekt!»

«Hugo kann es auch nicht sein, der sitzt dort drüben zwischen den Amis!»

So rätselten wir. Der Weihnachtsmann mußte offenbar ein Fremder sein. Aber wo sollte der so plötzlich hergekommen sein?

Irgendein Spaßvogel bemerkte:

«Da habt ihr den Beweis. Es gibt eben doch einen Weihnachtsmann, das ist er!»

Der Weihnachtsmann deklamierte weiter:

«Die Kerzen fangen zu brennen an,
das Himmelstor ist aufgetan,
Alt' und Junge wollen nun
von der Jagd des Lebens einmal ruh'n!»

Der Weihnachtsmann sprach voller Gefühl, und es war nicht zu überhören, daß er selbst von seinen Worten tief bewegt war.

Auch wir ließen unseren Gedanken freien Lauf. Die Kindheit stieg wieder vor uns auf, die Weihnachtsfeste in der Heimat. Und wir dachten an unsere Lieben zu Hause, die jetzt auch unterm Weihnachtsbaum im Geist bei uns waren.

Wir mußten uns die Augen wischen.

«Nun sprecht, wie ich's hierinnen find'!
Sind's gute Kind, sind's böse Kind?»

Als er geendet hatte, war es, als wachten wir aus einem schönen Traum auf.

Der Weihnachtsmann begann seine Geschenke zu verteilen. Das waren natürlich die Kleinigkeiten, die wir vorher in der Schreibstube abgegeben hatten.

Jeder wurde bedacht, natürlich auch die Amerikaner, wobei der Camp-Commander auch etwas mit der Rute abbekam. Nur das Geheimnis um den Weihnachtsmann konnten wir nicht lüften.

Wir sangen die Weihnachtslieder. Irgend jemand stimmte einfach an: «Stille Nacht, heilige Nacht ...» Und alle fielen ein, Deutsche und Amerikaner im Banne der Weihnachtsbotschaft: «Friede auf Erden und den Menschen ein Wohlgefallen!»

Wir sangen alle Weihnachtslieder, die wir kannten, und der Weihnachtsmann sang kräftig mit. Dann verabschiedete er sich und verließ den Raum.

Wer konnte das bloß gewesen sein? Die hundert Menschen, die hier oben in den Bergen lebten, kannten einander alle.

Nur den Weihnachtsmann kannte keiner.

Ein Kamerad wollte ihm folgen, aber der Kompanieschreiber hinderte ihn daran: «Laß nur den Weihnachtsmann, der hat es nicht gern, wenn er beobachtet wird!»

Fast wäre die schöne Stimmung verflogen, weil unsere Gedanken bloß noch um den Weihnachtsmann kreisten. Aber wir sollten bald erlöst werden.

Nach einer halben Stunde ging die Saaltür wieder auf, und ein völlig fremder Mann betrat den Raum. Der Schreiber stellte ihn vor.

Wenn ich mich recht erinnere, war es ein Professor Schwarz, ein in den zwanziger Jahren ausgewanderter Deutscher, der jetzt einen Lehrstuhl an einer Universität irgendwo im Norden der Vereinigten Staaten innehatte. Dieser Professor Schwarz war zu jener Zeit zu Besuch bei Verwandten auf einer Ranch in unserer Umgebung. Als er erfahren hatte, daß hier oben in den Bergen deutsche Kriegsgefangene fern ihrer Heimat Weihnachten feiern, hatte er sich sofort mit dem amerikanischen Commander verständigt und war Heiligabend mit dem Versorgungsfahrzeug zu uns heraufgekommen.

Es wurde ein schöner und besinnlicher Abend.

Es war das schönste Weihnachtsfest, daß ich je erleben durfte und das ich nie vergessen werde!

Karl Keck

Weihnachtliche Klänge in den Mannheimer Häfen

Alljährlich, traditionsgemäß, bringt der evangelische Posaunenchor kurz vor Heiligabend Fahrensleuten auf ihren Schiffen, die über die Feiertage in den Häfen liegen, eine weihnachtliche Atmosphäre.

Um 17 Uhr treffen sich der Posaunenchor, ein evangelischer und ein katholischer Geistlicher, ein Pfarrer aus Holland sowie zahlreiche Gäste am Rheinufer. Nachdem alle auf dem Verkündigungsschiff Platz genommen haben, ertönt die Schiffsglocke, und über den Lautsprecher kommt das Kommando: «Leinen los, in Gottes Namen eine gute Fahrt.» Unter den Klängen des Adventsliedes «Macht hoch die Tür, die Tor macht weit», das der Posaunenchor spielt, fährt ein kleiner Konvoi, das Verkündigungsschiff, ein Boot der Wasserschutzpolizei und ein Löschboot der Feuerwehr, durch die Häfen zu den vor Anker liegenden Schiffen mit ihren Schiffersleuten.

Auf dem Verkündigungsschiff steht ein weithin sichtbarer, leuchtender Christbaum. Das Polizeiboot und das Löschboot sind illuminiert. Die nächtliche Industrielandschaft mit den zum Himmel ragenden Hallen und Krananlagen gibt eine gespenstische Kulisse ab. Man sieht auch, daß manche Schiffe noch entladen werden und in manchen Lagerhallen noch gearbeitet wird. Während dieser Weihnachtsfahrt flattern immer wieder Wildenten und Schwäne erschrocken über die Wellen. In den Häfen liegen über die Feiertage in der Regel über hundert Schiffe aus Deutschland, Holland, Belgien, Frankreich und auch aus der Schweiz.

Die Geistlichen sprechen jedes Schiff persönlich an und verkünden abwechslungsweise, je nach Nationalität der Schiffe, mit Megaphon den Fahrensleuten die frohe Botschaft von der Geburt Jesu. Es wird ihnen ein frohes Fest gewünscht und die Erwartung zum Ausdruck gebracht, man möge die Unruhe des Alltags hinter sich lassen und sich auf die frohe Botschaft besinnen. Der Posaunenchor spielt dann einige Weihnachtschoräle. Viele Fenster der Schiffe sind adventlich geschmückt, und an manchen Schiffen kann man hinter Vorhängen einen Weihnachtsbaum erblicken.

Es zeigt sich damit, daß sich die Schiffersleute auf das große Fest vorbereitet haben. Von den Schiffen winken die Menschen, und es kommt auch vor, daß ein Scheinwerfer von einem vor Anker liegenden Schiff zurückgrüßt. In den ersten Jahren nach dem Krieg wurden auch noch Weihnachtslieder gesungen. Bei der letzten Fahrtstrecke haben dann endlich auch die Posaunenbläser Zeit, ein warmes Getränk zu sich zu nehmen. Nach drei bis vier Stunden geht die Fahrt zu Ende, die für jeden Teilnehmenden ein Erlebnis war.

Soweit mir bekannt, ist solch eine Weihnachtsfahrt in Deutschland einmalig.

Gisela Schubert (Klasse 4a)

Ein Tannenbaum erzählt

Ich war einmal ein kleiner Tannenbaum und stand im Arnsberger Wald. Ich war vier Jahre alt, also noch sehr jung für einen Tannenbaum. Ich fand es schön, neben meinen Geschwistern im Wald zu stehen. Der Wind sauste mir durch die Nadeln. Es waren auch viele Tiere da. Die Vögel zwitscherten Frühlingslieder, und ich hörte gerne zu. Oft bekam ich noch extra ein kleines Ständchen von der Nachtigall. Ein Eichhörnchen kletterte wie immer an mir hoch und suchte Nahrung. Ich rief zum Eichhörnchen hoch: «Komm runter, ich gebe dir was.» Das Eichhörnchen kam, und ich schüttelte mich. Da fielen ganz viele Zapfen ab. Im Frühjahr merkte ich, daß das Eichhörnchen auf mir ein Nest baute. Ich kann mich noch ganz genau erinnern, wie es Kinder bekommen hat und wie die kleinen Eichhörnchen auf mir herumgeklettert sind. Jetzt sind sie schon lange groß.

Im Sommer war es oft heiß. Ich liebte es, wenn die Sonne auf meine Tannenzweige schien, aber manchmal war es auch gut, wenn es regnete. «Was für ein schönes Leben ich hier habe. Ich will für immer hier stehenbleiben», dachte ich. So verging die Zeit Tag für Tag. Es wurde immer kühler, aber das machte mir nichts aus. Ich gehöre zu einer Art von Bäumen, die keine Angst vor der Kälte haben. «Wie gut, daß ich mein Nadelkleid anhabe, das schützt mich vor der Kälte», sagte ich zu mir. Die Vögel flogen in den Süden.

Es wurde langsam Winter. Eines Abends fing es an zu schneien. Der Schnee legte sich auf mich wie ein Mantel. Eine dicke weiße Decke lastete auf mir. Der Schnee war sehr kalt, aber das machte mir nichts. Ich fand es eher lustig zu sehen, wie der Wald langsam im Schnee versank. Es war ein herrlicher Winter. Kinder spielten im Wald Schneeballschlachten und fuhren mit dem Schlitten auf und ab.

Eines Morgens kam ein kräftiger Mann in den Wald. Ich glaubte, er wollte mit dem Schnee spielen. Aber wieso hatte er eine Axt mit? Er näherte sich und guckte jede einzelne Tanne genau an. Vor mir blieb er stehen. Er guckte sich erst um, schaute zu mir, guckte wieder weg. Doch dann kam er mit langsamen Schritten auf mich zu.

«Das ist der richtige Baum für uns. Der würde gut in unser Wohnzimmer passen. Den fälle ich!» rief der Mann. Ich dachte: «Warum will er mich fällen?» Da kam der erste Schlag mit der Axt. Er tat mir sehr weh. Mir wurde schwindelig. Ich schrie und blutete am Bein. Der Mann schlug weiter mit der Axt auf meinen Stamm, und ich kippte langsam um. Verzweifelt rief ich: «Es ist um mich geschehen. Ich bin doch erst vier Jahre alt. Warum hilft mir keiner?» Aber zu spät!

Der Mann legte mich auf die Schulter und sang dabei ein fröhliches Lied. Er trug mich aus dem Wald und weiter bis in ein Bauernhaus. «Wieso hat er mich abgeschlagen?» dachte ich und befürchtete, daß der Mann mir noch einmal weh tut. Er sagte aber: «Ich freue mich schon. Was wird nur meine Familie zu diesem schönen Tannenbaum sagen?»

Zwei Kinder liefen uns entgegen. Sie riefen:

«Hurra, der Weihnachtsbaum ist da!»

Frau Möller, die Mutter von Lena und Paul, sagte zu ihrem Mann: «Oh, hast du einen schönen Tannenbaum mitgebracht. Das ist der schönste Baum der Welt!» Sie gingen mit mir rein. Im Haus roch es nach Feuerholz, und mir wurde warm. Herr Möller, der Vater, holte aus dem Keller einen Ständer und probierte, ob ich hineinpaßte. Ja, zum Glück, es ging. Ich dachte: «Was passiert wohl jetzt?»

Ich wurde in ein schönes Wohnzimmer gestellt und freute mich. Hier war es genauso schön wie im Wald, aber ich vermißte die Natur und die Vögel, das Eichhörnchen und die Geräusche des Waldes. Ich war dennoch fröhlich und dachte: «Vielleicht ist es ja gar nicht so schlimm bei den Menschen, wie ich gedacht habe. Bestimmt lassen sie mich für immer bei ihnen.»

Am Abend schmückte Frau Möller mich mit Lebkuchen, Lametta, Kugeln, Sternen, Engeln, Kerzen, Weihnachtsmännern, Stutenkerlen, Äpfeln und anderen schönen Sachen. An die Spitze kam ein großer Stern. Aber das war noch nicht alles. Die Eltern legten viele große und kleine, dünne und lange Geschenkpäckchen unter mich.

Am nächsten Tag war Heiligabend. Nachmittags ging die Familie in die Kirche. Nach einer Stunde kamen sie wieder. Die Kinder Lena und Paul waren schon aufgeregt. Ich stand da und wartete, was passiert. Es kitzelte im Bauch.

Plötzlich schellte es. Oma und Opa, Tante Elfriede und

Onkel Ferdinand kamen zu Besuch. Die ganze Familie guckte auf mich. Opa meinte: «Das ist ja ein ganz schöner Weihnachtsbaum.» Ich fühlte mich sehr stolz, weil ich gelauscht hatte, was sie alle über mich sagten, und war sehr glücklich, ein Weihnachtsbaum zu sein. Es klang leise Musik aus einem Kassettenrecorder. «Wir singen erst ein paar Weihnachtslieder», sagte die Mutter. Sie zündeten meine Kerzen an, lasen eine Geschichte vor und sangen noch ein Lied, das heißt «Heute leuchten alle Sterne».

Anschließend hatten sie ein gemeinsames Essen. Sie aßen Wurst, Ente, Gans, Kartoffeln und Pudding. Zu trinken gab es für die Kinder Fanta und für die Erwachsenen Kaffee und Bier. Jetzt waren alle satt, und sie gingen zu den Geschenken. Herr Möller hat die Weihnachtsglocke geklingelt. Zuerst durften die Jüngsten ihre Päckchen auspacken, denn die Älteren haben mehr Geduld. Ich versuchte, auch in die Geschenke zu gucken, aber es ging nicht. Es waren schöne Geschenke: ein Stoffhund, ein Fußball, ein Feuerwehrauto, Kämme, Spangen, ein Buch von Michel, Kleider, Schmuck, Spiele, Süßigkeiten, ein Aktenkoffer und Porzellan. Alle freuten sich über die Sachen, und die Kinder spielten sofort damit. Inzwischen räumte die Mutter den Tisch leer. Dann zogen sich alle die Schuhe aus, und die Familie tanzte um mich herum.

Es wurde langsam spät, und die Kinder gingen ins Bett. Die Erwachsenen feierten noch bis in die Nacht. Dann sind die Besucher nach Hause gegangen. «Weihnachten ist schön», dachte ich nach diesem Abend.

Als das Weihnachtsfest vorbei war, wurde ich abgeschmückt. Ich durfte noch ein bißchen im Wohnzimmer stehenbleiben. Frau Möller sprach am nächsten Tag: «Der Baum nadelt.»

Der Vater meinte: «Raus damit!»

Ich wurde wieder sehr traurig. Jetzt brauchten sie mich wohl nicht mehr.

Herr Möller warf mich nach draußen auf die Straße. Ich landete neben einer Mülltonne.

«Hoffentlich komme ich in den Wald zurück!» seufzte ich. Jetzt war es wieder kalt geworden. Ich weinte: «Es ist aus mit mir. Ich bin überflüssig. Mein Leben war sehr schön.»

Dabei dachte ich an die herrlichen Zeiten im Wald zurück.

Alle sind an mir vorbeigegangen. Ich wurde schwächer. Mich hat die Kraft verlassen. Als der Müllwagen kam, warf ein Mann mich hinauf und fuhr weiter. Auf einer Müllkippe brachte er mich zu anderen Tannenbäumen, wo ich jämmerlich vertrocknete.

Josef Lambertz

Weihnachten 1944 in den Ardennen

Jedes Jahr Weihnachten gehen meine Gedanken in die Kindheit zurück. Und ob ich will oder nicht, irgendwann steht mir dann die Kriegsweihnacht 1944 vor Augen. Ich war damals neun Jahre alt und lebte mit meiner Mutter in einem kleinen Eifeldorf an der deutsch-belgischen Grenze. Ende September hatten die vom Atlantik kommenden alliierten Kampftruppen unser Dorf besetzt und damit erstmals deutschen Boden betreten. Doch der weitere Vormarsch der Alliierten kam am Westwall, der wenige Kilometer entfernt war, zum Stehen. Es gab wochenlange erbitterte Gefechte, und unser Dorf lag in der Schußlinie. Um uns Zivilisten zu schonen, wurde das Dorf evakuiert. Mit einer langen Reihe von Lkw brachte man uns ins belgische Ardennenstädtchen Malmedy, das seit September in der Hand der Alliierten war. Wir wurden in Massenquartieren untergebracht, zunächst in einer leerstehenden Fabrik und dann in einem alten Kloster. Die Versorgungslage war schlecht. Das bißchen Essen, das man uns zur Verfügung stellen konnte, reichte kaum zum Überleben. Im Umkreis von 5 km durften wir uns frei bewegen, mußten aber, um als Deutsche kenntlich zu sein, gelbe Armbinden tragen. Einmal in der Woche marschierten wir in ein benachbartes Dorf und erbettelten uns an den Haustüren Butterbrote.

Im Dezember wurden die alliierten Truppen noch einmal zurückgeschlagen. Malmedy und St. Vith wurden wieder Kampfgebiet, Zentrum der sogenannten Ardennenoffensive. Seit dem 14. Dezember lagen wir Tag und Nacht unter Artilleriebeschuß. Dazu kamen häufige Bombenangriffe. Am Heiligen Abend waren es schon zehn Tage, daß wir in den Kellern des Klosters lebten, nur bei Kerzenbeleuchtung, der Strom war ausgefallen. Wir waren in ständiger Angst vor einem Volltreffer. Abend für Abend schlug sich ein katholischer Pfarrer aus einem Nachbardorf zu uns durch, um uns die Generalabsolution zu erteilen.

Am Nachmittag des Heiligen Abends geriet unser Nachbarhaus in Brand. Da man das Übergreifen der Flammen auf das Kloster befürchten mußte, brachten uns amerikanische Soldaten vom Kloster in das ein paar hundert Meter entfernte weitläufige Abteigebäude, das zum Teil als Notlazarett eingerichtet war. Fast im Laufschritt eilten wir, überwiegend Frauen und Kinder, durch das, was von Malmedy übriggeblieben war: rauchende Ruinen und brennende Häuser. Jeweils zwanzig Personen kamen in einen Raum. Auch hier gab's keine Beleuchtung. Aber durch die kahlen Fensterrahmen drang neben der eisigen Kälte der Feuerschein des einst so schönen Städtchens. Ich lag auf unserem Köfferchen, mit dem Kopf im Schoß meiner Mutter. Und draußen Dauerbeschuß, sogar eine V 1 stürzte ab. So verbrachten wir den Heiligen Abend. Kurz vor Mitternacht ließen Beschuß und Bombardement fast schlagartig nach. Es krachten noch einige Granaten, und dann war Stille, erstmals seit zehn Tagen. Wie wir später erfuhren, hatte das Internationale

Rote Kreuz zur Weihnacht eine einstündige Feuerpause zwischen den kriegführenden Parteien aushandeln können, eine Stunde «stille Nacht». Aber friedlich war die Stille nicht. Der Geschützlärm hatte alle anderen Geräusche überdeckt. Aber jetzt hörten wir das Knistern der Feuer, das Einstürzen von Ruinen und das Stöhnen der Verwundeten in den benachbarten Räumen.

Kurz nach Mitternacht hörten wir vom Kreuzgang her Stimmen. Zwei Männer gingen von Raum zu Raum. Es war der Pfarrer, der uns in den letzten Wochen betreut hatte, und unser Lagerältester. Jeder hatte eine brennende Kerze in der Hand. Als sie in unseren Raum kamen, las der Pfarrer das Weihnachtsevangelium vor: «Heute ist euch in der Stadt Davids der Retter geboren» – «Und auf Erden ist Frieden bei den Menschen seiner Gnade.» Diese Worte, die bei jedem der Anwesenden nicht zuletzt Erinnerungen an Weihnachten zu Hause auslösten, diese Worte jetzt in einer solchen Umgebung. Als dann die beiden Männer mit merkwürdig heiser klingender Stimme «Stille Nacht, heilige Nacht» anstimmten, kämpften die meisten mit den Tränen; mitsingen konnten wohl nur wenige. Und noch heute spüre ich das Würgen im Hals, wenn ich an diese Minuten denke.

Nach Ende der Feuerpause setzten die Gefechte erneut ein. Wenige Tage später holte uns das Internationale Rote Kreuz aus dem immer noch umkämpften Malmedy heraus. Für wenige Minuten schwiegen erneut die Waffen. Ich meine das gespenstische Bild noch zu sehen: vorneweg ein Rotkreuzfahrzeug mit flatternder Fahne, dann sechs oder sieben Lkw mit uns «Reichsdeutschen» und zum Schluß wieder Rotes Kreuz. Aber rechts und links von der Landstraße waren auf Sichtweite die Stellungen der deutschen und der alliierten Kampftruppen zu sehen, und wir dazwischen. Es ging westwärts nach Spa, Lüttich und Brüssel. Unsere Odyssee, die uns auch in ein Konzentrationslager in den Niederlanden führen würde, hat noch fünf Monate gedauert. Manche Erinnerung daran ist inzwischen verblaßt. Aber auch wenn ich hundert Jahre alt werden sollte, die Weihnacht 1944 werde ich nie vergessen.

Gerhard Bahr

Die unbekannten Weihnachtsbräuche

Der Teufel tritt in der ostpreußischen Sage keineswegs nur als Bösewicht und Verführer, der Menschen vernichten will, auf; er kann auch eine reine Spukgestalt oder sogar eine lustige Figur sein, die sich am Ende von einem Menschen übers Ohr hauen läßt.

In der vorweihnachtlichen Zeit nimmt er häufig die Gestalt eines Schimmels an und versucht, durch Necken und Befragen der Menschen ihre Laster, Sünden und Schwächen zu erfahren. Sie bekommen am Ende eine Chance, sich zu bessern.

Neben weiteren Helfern in Tiergestalt, wie Storch und Tanzbär, ließ sich der Teufel stets von einem Bettlerweib begleiten, um Almosen einzutreiben, die er gemeinsam mit seinen Kumpanen vertrank. Diese Erklärung soll dem besseren Verständnis des nun folgenden Erlebnisses meiner Eltern dienen.

Beide waren nach ihrer Heirat in ein Dorf des Kreises Bartenstein gezogen, dessen Bräuche sie nicht kannten. Vater betrieb dort eine Stellmacherei in einer ehemaligen Schule. Das Geschäft ging Ende der zwanziger Jahre so schlecht, daß ihnen der Hund vor Hunger ausgerissen war. Den Hofwachdienst übernahmen statt seiner die Weihnachtsgänse, für die das Futter gerade noch reichte. Wenige Tage vor Heiligabend schwang sich der Meister auf sein Fahrrad, um von den Bauern das Geld für die Reparaturen an ihren Erntewagen einzutreiben. Die Frau Meisterin wollte während seiner Abwesenheit Pfefferkuchen backen.

Sie fürchtete sich, alleine zu sein, das heißt, so gänzlich verlassen war sie eigentlich nicht; denn ich lebte ja schon, hatte aber noch nicht das Licht der Welt erblickt. Dieses freudige Ereignis stand im Januar bevor. Unter diesen Umständen fiel ihr das Teigkneten recht schwer.

In den Verschnaufpausen setzte sie sich auf die Ofenbank, summte ein Weihnachtsliedchen oder unterhielt sich mit mir: «Na, du Rackerchen, wirst du nicht so mit den Beinen strampeln ... Es gefällt dir wohl nicht, wenn ich mich vor dem Backofen bücke. Wenn du nicht brav bist, bringt dir der Weihnachtsmann nicht die versprochene Wiege, dann mußt du wie das Christkind in einer Futterkrippe schlafen.»

Plötzlich schnatterten lautstark die Gänse auf dem Hof, eilige Schritte näherten sich der Haustür, dann wurde sie weit aufgerissen, ein heftiger Windstoß fuhr durch die Wohnung und blies das Feuer aus. In die Wohnküche stürmten mit lautem Getöse vermummte Gestalten. Die eine hopste unbeholfen auf einem hölzernen Spielzeugpferdchen herum, die nächste hielt sich einen langen roten Storchenschnabel vor das Gesicht und versuchte mit diesem in gebückter Haltung, der Hausfrau in ein Bein zu piken. Dieser dumme Storch konnte sich offensichtlich nicht mehr daran erinnern, daß er sein Vorhaben vor einigen Monaten bereits erfolgreich ausgeführt hatte. Als das Bettelweib die Situation erkannte, war es zu spät. Sie konnte die in Ohnmacht Sinkende gerade noch mit ihren Händen auffangen und sanft auf die Holzdielen legen. Dann nahm sie ihren Bettelstab und trieb den Schimmelreiterzug mit Stockschlägen wieder zur Tür hinaus.

Der einige Zeit später heimkehrende Ehemann fand eine offenstehende Tür, eine verwüstete Küche, eine geleerte Schnapsflasche und seine Frau ausgestreckt auf dem Fußboden vor.

Er und ich haben sie dann gemeinsam aus tiefer Ohnmacht in die Wirklichkeit zurückgeholt. Nach dem Trösten und Erzählen des Erlebten beruhigte sie sich wieder relativ schnell. Schließlich mußte sie über die Erfahrung mit einem unbekannten Brauch herzhaft lachen.

Am nächsten Vormittag bellte der inzwischen heimgekehrte Hund. Es erschienen ein Bäckergeselle, ein Schornsteinfegerlehrling sowie die großen Kinder eines benachbarten Bauern mit einer fetten Weihnachtsgans unangemeldet zu Besuch und baten nach Übergabe des Geschenkes höflich um Verzeihung, die gewährt wurde.

Als im Januar meine Taufe in der alten Stockheimer Kirche stattfand, standen hinter dem verblüfften ehrwürdigen Herrn Pastor am Taufbecken die Gestalten des Schimmelreiterzuges. Nach der Taufe spielte der Organist das schöne Kirchen- und Kinderlied «Weiß du, wieviel Sternlein stehen». Dann begann der schwarze hölzerne Adler, der so merkwürdig über den Orgelpfeifen thronte, mit den Flügeln zu schlagen, so daß ein silbernes Glöckchen in Schwingung geriet und läutete. Es war das Signal für die Spukgestalten und die Taufgemeinde, das Gotteshaus zu verlassen.

Auch mit dieser Besonderheit waren die Eltern nicht vertraut, denn es handelte sich um einen Mechanismus, der nur an besonderen Festtagen ausgelöst wurde, um die bösen Geister zu vertreiben – ein heidnischer Brauch in einer christlichen Kirche, wie er sonst in Ostpreußen nicht anzutreffen war.

Elise Terfehr

Den Weihnachtsmann gibt es nicht

Kurz nach Kriegsende hatten meine Eltern geheiratet, ein Kind war unterwegs und brauchte ein Zuhause. Arbeitsplätze und Wohnungen waren noch rar, und so nahm mein Vater eine Stelle als Landarbeiter bei einem Bauern in einem kleinen Dorf an. Der Lohn war niedrig, doch das junge Ehepaar konnte für wenig Geld in einem alten Haus wohnen, das zum Hof gehörte. Allerdings mußten sie es mit einer anderen Familie teilen. Sie hatten lediglich eine Wohnküche und ein Schlafzimmer; das «Plumpsklo» befand sich am Ende des Stalls, wo bald zwei Milchkühe standen, die ein kleines zusätzliches Einkommen brachten. Die Familie vergrößerte sich schnell, und meine Eltern hätten wohl auch längst versucht, eine größere Wohnung zu finden, wenn nicht mein Vater einen schweren Arbeitsunfall gehabt hätte. Er fiel vom Heuboden und verletzte sich so schwer an der Wirbelsäule, daß er ein halbes Jahr im Krankenhaus in einem Gipsbett liegen mußte und auch anschließend noch für lange Zeit arbeitsunfähig war. Vom beginnenden Wirtschaftswunder merkten wir 1956 in unserer Familie jedenfalls nichts. Ich war damals mit sechs Jahren das dritte Kind; eine Schwester war fünfzehn Monate älter als ich, mein Bruder zehn, ein Neugeborenes lag noch in der Wiege.

Ob wir als Kinder damals unsere Armut spürten, weiß ich nicht mehr genau; klar war uns wohl, daß viele unserer Wünsche nicht erfüllt werden konnten.

Aber einmal im Jahr änderte sich das, da konnte man seinen Wünschen freien Lauf lassen, denn die Geschenke kamen vom Weihnachtsmann, an den wir fest glaubten. Meine Schwester und ich hatten in diesem Jahr einen großen Wunsch: einen Puppenwagen, weiß, aus Korb geflochten, wie es damals Mode war. Die Tochter des Dorflehrers hatte einen solchen Wagen, um den wir sie heiß beneideten. Unsere eigenen waren aus Sperrholz, vom Vater selbst gebastelt, braun angestrichen. Mit wieviel Liebe und Mühe er sie trotz seiner Rückenschmerzen gebaut haben muß, wurde mir erst sehr viel später bewußt. Die Zelluloidpuppen waren unser einziges Spielzeug, wir verbrachten viele Stunden des Tages als Puppenmütter und übten uns der damaligen Zeit entsprechend in unserer Rolle als zukünftige Mütter. Immer zu Weihnachten bekamen unsere Puppen neue Kleider, meine Mutter muß damit viele Abende zugebracht haben.

Wir fieberten dem Heiligen Abend entgegen. Ob der Weihnachtsmann uns unseren Wunsch wohl erfüllen würde? Als ich eines Abends vor Aufregung nicht schlafen konnte und deshalb aus dem Bett stieg, welches ich mit meinen älteren Geschwistern teilte, wurde ich unfreiwillig Zeuge eines Gesprächs zwischen meinen Eltern. «Wir können unmöglich zwei Puppenwagen kaufen, das weißt du genau, warum sollen sich die zwei nicht einen teilen, außerdem haben sie ja noch ihre alten», hörte ich meine Mutter sagen. «Du weißt genau, welchen Streit wir uns damit ins Haus holen, entweder wir kaufen zwei oder keinen», erwiderte mein Vater entschlossen, «wir schaffen es schon irgendwie, denk doch daran, wie die Kinder sich freuen würden.»

Zitternd stand ich hinter der Tür, nicht nur vor Kälte. Eine Welt war für mich zusammengebrochen, ein Stück unbeschwerte Kindheit war vorbei. Hatte der Nachbarsjunge doch recht, der mir vor einiger Zeit erzählt hatte, daß es keinen Weihnachtsmann gebe! Aber die Mutter hatte doch auf mein Nachfragen so glaubhaft versichert, dieser Geschenkeüberbringer existiere. So gerne ich auch in diesem Moment das Gegenteil glauben wollte, das belauschte Gespräch öffnete mir die Augen und machte mir das Herz schwer. Die Eltern mußten also die Geschenke bezahlen, und sie mußten sich das Geld dafür mühsam vom Munde absparen. Unentdeckt schlich ich ins Bett zurück und erzählte niemandem von meinem Wissen.

Am Heiligabend standen tatsächlich zwei weiße Korbpuppenwagen vor dem Tannenbaum. Also hatte Vater sich durchgesetzt, schoß es mir durch den Kopf, wie hatten sie die teuren Geschenke nur bezahlt? Dann aber gelang es mir wohl, alle Bedenken beiseite zu schieben, zu groß war die Freude. Selig spielten meine Schwester und ich mit unseren Puppen, probierten die neuen Kleider an und hofften auf gutes Wetter für den nächsten Tag, um mit unseren Puppenwagen auf der Dorfstraße spazierenzugehen.

Einige Monate später zogen wir in eine nahegelegene Kleinstadt, wo meine Eltern, die seit Jahren einen kleinen Bausparvertrag angespart hatten, ein kleines Siedlungshaus erstanden. Fließendes Wasser gab es hier zwar auch noch nicht, aber es gab zumindest zwei Schlafzimmer. Mein Vater bekam Arbeit bei einer großen Elektrofirma und kaufte sich ein Motorrad, um zu seiner Arbeitsstelle zu kommen. Es schien bergauf zu gehen. Für uns Kinder tat sich eine ganz neue Welt auf: Aus der einklassigen Dorfschule kamen wir in eine vierzügige Grund- und Hauptschule, wo man meine Schwester und mich am ersten Tag auslachte, weil wir Schürzen trugen. Wir kannten weder Kaugummi noch die damals hochmodernen Perlonkleider; wo hatten wir nur gelebt? Diese Defizite bauten wir natürlich schnell ab, und bald fühlten wir uns wohl in der kleinen Stadt, die so viel mehr zu bieten hatte als das Dorf.

Was es an diesem Weihnachten als Geschenk gab, weiß ich nicht mehr. Daß wir nicht mehr an den Weihnachtsmann glaubten, wußten die Eltern inzwischen.

Im September des folgenden Jahres geschah etwas, was das Leben unserer Familie auf einen Schlag verändern sollte: Mein Vater verunglückte tödlich mit seinem Motorrad; es war der zweite Geburtstag seiner jüngsten Tochter.

Meine Mutter war nun alleine mit uns vier Kindern, eine junge Frau, die tapfer versuchte, ihren Schmerz und ihre Tränen vor uns zu verbergen. Zumindest war die finanzielle Versorgung gesichert, da mein Vater auf dem Weg von der Arbeit nach Hause verunglückte. Das bedeutete, daß meine Mutter nicht darauf angewiesen war, arbeiten zu gehen.

Wieder stand ein Weihnachtsfest bevor. Meine Freude über ein Spielzeug dauerte nur so lange, bis ich die Geschenke meiner älteren Geschwister sah. Im Flur standen zwei nagelneue Fahrräder, für damalige Zeiten fürstliche Geschenke. Die Begeisterung der beiden war natürlich groß, sofort mußten die Fahrräder ausprobiert werden. Eifersüchtig stand ich vor unserem Haus und sah den beiden zu. Das wäre nicht passiert, wenn der Vater noch leben würde, dachte ich wütend und erinnerte mich an die beiden Puppenwagen. Er hätte sicher darauf bestanden, daß auch ich ein neues Fahrrad bekommen hätte. Der Zorn auf meine Mutter wuchs, wie konnte sie uns nur so ungleich behandeln, dabei war meine Schwester nur ein Jahr älter als ich, das Fahrrad für den Bruder wäre ja in Ordnung gewesen.

Als ich mit diesen Gefühlen ins Haus zurückging, hörte ich aus dem Schlafzimmer meiner Mutter leises Schluchzen. Auch diesmal hatte sie ihre Tränen vor uns Kindern zurückgehalten, nun glaubte sie sich alleine und ließ ihnen freien Lauf. Meine Wut wandelte sich augenblicklich in Scham. Wie mußte meine Mutter sich an diesem ersten Weihnachtsfest ohne ihren Mann fühlen! Und ich dachte an nichts anderes als an ein größeres Geschenk. Ich setzte mich ins Wohnzimmer, und nun rollten auch meine Tränen. Ich weinte um meinen Vater, aus Mitleid für meine Mutter und wohl auch über Weihnachten, das Fest der Freude, das doch viele Menschen traurig macht.

Erika Behrmann

Weihnachten im Westen

Im Jahre 1949 hieß es für uns, das heißt für meine Mutter, meine ältere Schwester und mich: Endlich in den Westen zu unserem Vater. Wir jubelten vor Freude. Der Westen, das war wenigstens für uns Kinder ein Schlagwort, das wie «Schlaraffenland» klang.

Meine Schwester hatte mir viel vom reichen Westen vorgeschwärmt. Dort sollte es alles zu kaufen geben, die Kinder alle Lederschuhe tragen, und selbstverständlich besaß jedes einen großen bunten Gummiball.

Hier bei uns im Dorf gab es davon nur einen einzigen. Wenn die Besitzerin krank war und in der Schule fehlte, dann überwanden wir uns, bei ihrer Mutter um den Ball zu bitten. Jeder in der Klasse war glücklich, ihn einmal in der Hand zu halten.

Statt der Lederschuhe trugen wir fast alle Holzpantinen, auch bei Schnee. Selbst Schokolade sollte es drüben in Mengen geben. Ich wußte mit meinen acht Jahren gar nicht, wie sie schmeckt.

Seit 1945 waren wir als Flüchtlinge unterwegs – aus Pommern über Sachsen nach Mecklenburg. Und jetzt sollte es ins Rheinland gehen, wo unser Vater nach der Kriegsgefangenschaft gelandet war.

Ich konnte mir gar nicht vorstellen, plötzlich einen Vater zu haben und zu einem «fremden Mann» Papa zu sagen. Von seinen wenigen Besuchen in der Kriegszeit erinnerte ich ihn kaum.

Als wir nun endlich mit vielen Erwartungen im Bonner Raum ankamen, waren wir begeistert von der schönen Gegend. Von unserem Haus aus konnten wir fast auf den Rhein und das Siebengebirge sehen.

Die Wohnung dagegen war die große Enttäuschung: ein

Zimmer mit Zementfußboden und karg eingerichtet für vier Personen.

Aber man konnte wirklich alles kaufen. Drüben hatte es nur einen Krämerladen mit dem Allernötigsten gegeben. Hier lag die Schokolade gestapelt in den Regalen. Es gab so viele schöne Sachen – meine Sehnsüchte wuchsen. Manchmal drückte ich mir die Nase platt an den Schaufenstern.

Es tröstete mich, daß bald Weihnachten war, da konnte man seine Wünsche ja an den Weihnachtsmann schreiben.

In meiner zweiten Schulklasse lernten wir jetzt weihnachtliche Gedichte und lasen Weihnachtsgeschichten. Der Heilige Abend wurde darin so schön beschrieben und auch, daß es meist mehr Geschenke gab als erwartet.

In diesen Wochen waren meine neue Freundin Renate und ich vollauf damit beschäftigt, uns zu überlegen, was wir uns wünschen sollten. Wir hingen sehr aneinander und spielten gerne zusammen.

Viele Wünsche durften es nicht sein, das wußten wir genau, waren wir doch beide Flüchtlingskinder. Renate sagte: «Wollen wir uns nicht ein gleiches Kleid wünschen? Dann sehen wir aus wie Zwillinge.»

Ich fand die Idee toll und meinte: «Oh, ja, ein blaues Kleid mit Stickereien.» (ein langgehegter Wunsch)

«Ja», sagte Renate, «einen weißen Kragen muß es auch haben.»

«... und eine schöne, breite Schärpe», setzte ich hinzu.

Wir schwärmten nun jeden Tag von unseren neuen wunderschönen Kleidern. In unserer Vorstellungswelt sahen wir darin aus wie Prinzessinnen. Unsere ganze Sehnsucht war dieses blaue bestickte Kleid mit weißem Kragen und breiter Schärpe.

Weil wir uns so verliebt hatten in diese Idee, entschlossen wir uns, daß sich jede nur dieses Kleid wünschen sollte. Da mußten doch selbst die Eltern und der Weihnachtsmann Einsehen haben. An den Weihnachtsmann glaubten wir eigentlich nicht mehr, aber so ganz sicher waren wir uns nicht: Vielleicht gab es ihn ja doch ...

Meiner Mutter hatte ich längst meine zwei Wünsche für den Weihnachtsmann gesagt. Es kam nun doch der bunte Ball dazu. Ich brauchte ihn unbedingt für das Spiel «Die Probe».

Sie meinte nur: «Wir haben kein Geld.» Aber das hatte sie letztes Jahr auch gesagt, als wir noch im Osten wohnten; trotzdem hatte ich eine Puppe aus Pappmaché bekommen. Jetzt waren wir schließlich im Westen und hatten einen Vater!

Jeder Tag, der verging, wurde glücklich abgehakt. Die Zeit verlief viel zu langsam. Aber dann kam der langersehnte Heiligabend doch.

Wir Kinder waren an diesem Tage ein bunter, aufgeregter Haufen voller Erwartung. In unserem Haus wohnten mehrere Familien auf engem Raum.

Es dauerte und dauerte, bis es endlich dunkel wurde.

Nun war es soweit.

Die ersten, die in ihr Weihnachtszimmer gerufen wurden, waren die vier Kinder von Dr. Seiler. Die Familie besaß auch nur ein Zimmer. Sechs Personen mußten hier schlafen, essen, kochen und Schularbeiten machen. Wir horchten am Fenster und hörten sie vor Freude jubeln.

Allmählich wurden alle Kinder hereingerufen. Nur meine Schwester und ich standen noch draußen.

Wir wollten nun nicht länger warten. Vorsichtig klopften wir an unsere Tür. Unsere Mutter öffnete und ermunterte uns: «Kommt doch rein.»

Wir hielten uns sicherheitshalber die Augen zu, um die große Freude nicht vorwegzunehmen. Verstohlen blinzelten wir aber ein wenig. Komisch – es gab nichts zu sehen – nicht einmal einen Weihnachtsbaum. Mutter hatte den ganzen Vormittag arbeiten müssen und anschließend das Zimmer saubergemacht.

Meine Schwester schlug ihr vor: «Wir legen uns ins Bett, dann bist du ungestört.» Heimlich hofften wir, daß sie nun endlich die Geschenke hinlegen würde. Wir zogen die Decke über den Kopf und warteten. Es tat sich nichts.

Mit der Zeit wurde es uns zu dumm, und wir standen wieder auf. Mutter war beschäftigt mit der Zubereitung des Abendbrots. Sie sagte dabei wieder: «In diesem Jahr gibt es nichts, wir brauchen unser Geld für wichtige Anschaffungen.»

Nun kam auch unser Vater. Es passierte aber noch immer nichts.

Allmählich verstanden wir: Es wird auch nichts passieren! Vater setzte sich an den Tisch und sagte: «Na, denn können wir jetzt ja Abendbrot essen.»

Meine Schwester und ich wollten aber nicht essen. Wir waren so enttäuscht – hatten wir doch mit schönen Geschenken gerechnet. Wir konnten nicht einmal weinen, nur still und tieftraurig dasitzen. Unsere Eltern sagten nur: «Seid froh, daß ihr eine warme Stube habt und genug zu essen.»

Darüber konnten wir im Augenblick aber nicht froh sein. «Mein schönes blaues Kleid», dachte ich – und wenn meine Freundin es nun bekommen hatte? Bei diesem Gedanken liefen meine Tränen. «... und der schöne Ball», jammerte ich in mich hinein, «ich brauche ihn doch so dringend.»

Irgendwann im Laufe des Abends vergaß ich meinen großen Kummer und freute mich an der Kerze und den Keksen. Das gemeinsame «Mensch-ärgere-dich-nicht-Spiel» machte uns dann noch richtig Spaß. Es war das einzige Spiel, das wir besaßen.

Am ersten Weihnachtstag brauchte ich meine Freundin gar nicht erst zu fragen. Ich sah es schon an ihrem Gesicht: Auch sie hatte das Traumkleid nicht bekommen. Sie zeigte mir aber glücklich ihr neues Puppenhaus. Die Eltern hatten es für sie aus einem Pappkarton und verschiedenen Resten gebastelt. Sie tröstete mich: «Wir können damit schön zusammen spielen.» Ja, darauf freute ich mich auch.

Dieses Weihnachten war für mich eine Enttäuschung. Es wäre so schön gewesen, wenn es einen Weihnachtsmann gegeben hätte, der Kinderwünsche erfüllt. Ich hätte so gerne an ihn geglaubt ...

Michael Berentzen

Weihnachtsgeschichte

Jesse lebte in New York und war seit seinem fünften Lebensjahr ein Straßenjunge. Seine Eltern starben bei einem Autounfall. Jesse mußte sich sein Essen entweder erbetteln oder stehlen.

Diesen Winter war es besonders kalt, und die Menschen waren besonders geizig, dachte Jesse, denn er hatte erst 50 Cent bekommen. Traurig und zugleich hungrig kehrte er in sein Quartier zurück, das er sich für die Nacht zurechtgemacht hatte. Er zündete ein Feuer an und hielt seine Hände darüber. Er schaute in seinen Hut, den er immer zum Betteln benutzte – Gott sei Dank, es war ein angebissenes Butterbrot darin, das dem Geber wohl nicht mehr schmeckte. Jesse wunderte sich immer, was die Leute so alles wegwarfen, aber ihm sollte es ja recht sein. Er biß hastig in das Butterbrot hinein, als sich ihm plötzlich eine größere Gestalt näherte. Jesse drehte sich erschrocken um. Es war ein älterer Mann, der mit dem rechten Bein humpelte. Er hatte einen Vollbart und trug einen roten Mantel. «Entschuldigung», sagte er, «hast du etwas zu essen für einen alten Mann?» Jesse überlegte. Er sah, daß der Mann sehr hungrig war: «Okay, nehmen Sie mein Brot, ich habe keinen Hunger mehr.» – «Danke, das ist sehr nett von dir, und du kannst mich ruhig duzen.»

Der merkwürdige Mann setzte sich neben Jesse und wärmte sich an dem Feuer auf. Der Mann sah Jesse eine Weile lang an. «Warum bist du hier so alleine? Morgen ist doch Weihnachten.»

«Meine Eltern sind bei einem Unfall gestorben, als ich fünf war. Ich habe niemanden, mit dem ich Weihnachten feiern könnte. Den ganzen Quatsch mit dem Weihnachtsmann habe ich sowieso nie geglaubt.»

«Das ist schade, es ist nämlich gar kein Quatsch. Den Weihnachtsmann gibt es wirklich. Vielleicht bist du ihm ja schon mal begegnet, ohne es zu wissen.»

Sie schwiegen wieder eine Weile. Jesse dachte nach. Er mochte nicht so gerne über seine Familie reden, also wollte er das Thema wechseln: «Warum humpelst du eigentlich?» Der Alte dachte nach, dann sagte er: «Ich bin abgestürzt.» – «Abgestürzt, wo kann man denn in so einer großen Stadt abstürzen?» – «Von einem Dach», gab der Mann zurück. «Ach, ich verstehe, du bist Schornsteinfeger!»

Der Mann lachte: «So in etwa, ich bin nämlich der Weihnachtsmann!» Jesse bekam seinen Mund nicht mehr zu. Dann endlich stotterte er: «D-du b-bist der Weihnachtsmann?» – «Ne, der Osterhase. Du mußt mir helfen. Es ist ein Tag vor Weihnachten, und ich bin noch nicht fertig.» – «Wow, du meinst, ich soll für dich in jedes Haus gehen und die Geschenke austeilen? Aber wie soll ich das in einer Nacht schaffen?» – «Wenn du im Auftrag des Christkindes bist, dann schaffst du alles. Du brauchst einfach nur zu schnipsen, und schon bist du im nächsten Haus. Bitte, du mußt mir helfen, sonst werden viele Kinder dieses Jahr zu Weihnachten keine Geschenke bekommen!» – «Okay, ich werde es versuchen, aber du kannst mir nicht böse sein, wenn ich es nicht schaffe.» – «Keiner wird dir böse sein, ich bin ganz sicher, daß du es schaffen wirst.» Er gab Jesse einen Sack mit Geschenken. Ungläubig schnipste er mit seinen Fingern. Nichts passierte. «Es funktioniert nicht!» – «Du mußt daran glauben.» Jesse versuchte es noch einmal, und tatsächlich, ehe er sich versah, war er auch schon in einem großen Raum: Alles war weihnachtlich geschmückt, und in der Mitte stand ein wunderschöner Weihnachtsbaum, der mit roten Äpfeln, Girlanden und kleinen Papierengeln verziert war. So etwas hatte er sich immer gewünscht, ein warmes Zuhause und eine Familie, mit der er Weihnachten feiern könnte.

Er legte die Geschenke unter den Baum und schnipste mit den Fingern, es klappte wieder. Er war jetzt in einem ähnlich geschmückten Zimmer und legte wieder ein paar Geschenke unter den Baum. So ging es dann viele Häuser weiter. Bei dem letzten Haus passierte etwas, was einem Weihnachtsmann eigentlich nicht passieren darf! Als Jesse die Geschenke unter den Weihnachtsbaum legen wollte, hörte er eine Stimme hinter sich sagen: «Wer bist du?» Jesse drehte sich erschrocken um. Ein Mädchen, das etwa zwei Jahre jünger war als er, stand da und sah ihn fragend an: «Du bist nicht der Weihnachtsmann! Was machst du in unserem Haus?» – «Der Weihnachtsmann ist krank, und ich bringe für ihn die Geschenke weg.» – «Das ist ja stark, aber du siehst ziemlich verhungert aus. Komm mit in unsere Küche, ich gebe dir etwas von den Resten von heute mittag. Übrigens, ich bin Tanja. Meine Mutter würde es nie erlauben, so spät abends noch von zu Hause wegzugehen.» – «Ich habe kein Zuhause und keine Mutter mehr», sagte Jesse, während er sich eine Hähnchenkeule in den Mund steckte.

«Das ist ja schrecklich! Und wo schläfst du dann?» fragte Tanja. «Nirgendwo, ich schlafe immer im Freien!» Tanja dachte nach: «Warte, ich habe eine Idee! Du kannst bestimmt bei uns bleiben. Wir haben nämlich noch ein Kinderzimmer, und meine Eltern sind bestimmt einverstanden.»

«Was ist da unten los? Tanja bist du das?» rief plötzlich eine Stimme von oben. «Das ist mein Vater, bleibe hier. Ich werde ihn bestimmt überzeugen.»

Jesse wußte gar nicht, wie ihm geschah. Er fand Tanja ja

nett, aber er glaubte nicht, daß ihre Eltern von heute auf morgen einen völlig fremden Jungen aufnehmen würden – er irrte sich. Tanjas Eltern kamen herunter, um sich Jesse anzusehen. «Tanja hat uns gerade erzählt, daß du den Weihnachtsmann vertrittst.» – «Das ist richtig», sagte Jesse stolz, «er ist krank, darum muß ich für ihn einspringen.»

Jesse fand Tanjas Eltern sehr nett. Er erzählte ihnen, wie er seine Eltern verlor, wie er sich durch sein Leben kämpfen mußte und wie er den Weihnachtsmann kennenlernte. «Die Geschichte ist sehr traurig», meinte Tanjas Mutter, «ich glaube, wir können dir vertrauen.»

Jesse konnte es nicht fassen. Sein größter Wunsch würde wahr werden – das einzige, was er sich zu Weihnachten wünschen konnte: Ein richtige Familie, mit einem richtigen Zuhause! Jetzt wußte er es sicher – es gab einen Weihnachtsmann. Der Weihnachtsmann! Jesse wollte sich unbedingt noch bei ihm bedanken. Er sah aus dem Fenster in die winterliche Landschaft – und da stand er mit seinem roten Mantel und winkte Jesse lächelnd zu. Jesse winkte zurück und lächelte auch.

Dann ging der Weihnachtsmann in den Wald zurück, der hinter dem Haus lag – ohne zu humpeln.

Arnfried Saddai

Ein Weihnachtsmärchen aus unserer Zeit

Es war einmal in einer klaren Winternacht, als dem kleinen Klaus, der schlafend in seinem Bett lag, ein sehr helles Licht erschien, welches von draußen in sein Zimmer drang. Es blendete ihn so stark, daß er seine Hände schützend vor die Augen hielt und durch den Spalt zwischen ihnen blinzelnd etwas zu erkennen versuchte.

«O Mann! Das ist ein Ding!» flüsterte er, glitt aus dem

Bett und wagte sich, Schritt für Schritt, mutig näher ans Fenster. Mit dem Ellbogen schob er die Gardine zur Seite, und als er, immer noch eine Hand vor die Augen haltend, das Fenster sogar öffnete, verlor sich plötzlich das grelle Licht und er erkannte, daß auf dem Rasen ein großes, mit Luken bestücktes Gebilde stand. Gestalten hüpften umher, und er sah, wie einige davon eine Leiterbrücke zu ihm an das Fenster schoben. Ohne Angst kletterte er auf die Fensterbrüstung, warme Luft hauchte ihn an, und als er spürte, wie seine Hand von einer anderen, größeren, umschlossen wurde, schaute er nach oben und in das lächelnde Antlitz einer jungen Frau in silbernem Anzug.

«O Mann!» dachte er. «Das könnte das Christkind mit einem riesigen UFO sein. Das glaubt mir keiner!» Gemeinsam schwebten sie über die Brücke ins Innere des Gehäuses. Viele Figuren umringten sie, verneigten sich und wichen zurück, um ihnen Platz zu machen. Er dachte, daß er vielleicht an der Hand des Erzengels Gabriel ging, von dem ihm die Mutter erzählte; und der Erzengel war der Chef aller Engel. O Mann! Wenn ihn jetzt die Mutter sehen könnte.

Instrumente blinkten, es piepste hier und da, dann rauschte es ein wenig, und als er aus einer der vielen Luken schaute, erkannte er das Haus der Eltern und das offene Fenster seines Zimmers. Dann sah er die Lichter der Stadt, kleiner werdend, dann das Meer, dann Wolken, ausgebreitet wie weiße Watte. Es wurde still, und der kleine Klaus dachte, er sei auf dem direkten Weg in den Himmel. Hurra, hurra!

Da fiel ihm blitzartig ein, daß er der Mutter noch sein gebasteltes Weihnachtsgeschenk geben müsse. Er wandte sich spontan an die schöne Frau im Silberanzug, die hinter einem breiten Steuerpult saß. Er wolle gern wiederkommen, sagte er, aber zuvor müsse er nach Hause zurück, zu seiner Mutter, denn morgen sei doch Weihnachten. Die schöne Frau lächelte, nickte und ergriff seine Hand.

Die Mutter öffnete die Zimmertür und erschrak wegen des

kalten Luftzuges. Wieso ist das Fenster offen? Sie sah zu ihrem schlafenden Jungen, küßte ihn auf die Stirn und wunderte sich, daß er ein Stück beschriebenes Papier umklammert hielt. Sie nahm es und las:

Freu Dich, kleiner Mensch, in Deiner Jugend.

Sei heiteren Herzens, aber sage den großen Menschen meine Botschaft:

Wenn sie einen Streit zwischen Vergangenheit und Gegenwart beginnen, werden sie finden, daß sie die Zukunft verloren haben.

Du wirst es später begreifen, aber die Großen müssen jetzt danach handeln!

Sie verstand weder die Worte noch die eigenartigen Umstände und beschloß, gleich morgen mit ihrem Mann darüber zu sprechen.

Gisela Schalk

Auch eine Weihnachtsgeschichte

Der Weihnachtsmann war unangemeldet gekommen. Als ich in den Tagen nach Weihnachten von einem frisch geschenkten Buch aufblickte, stand er da. So, wie man ihn aus den Bilderbüchern kennt. Mit Bart, einem Sack in der Hand und einem gütigen Lächeln um die Lippen.

«Darf ich mich setzen?» fragte er und lächelte noch etwas mehr, weil mein Gesicht ziemlich dumm ausgesehen haben muß.

Ich nickte fassungslos, und der Weihnachtsmann ließ sich in einen Sessel fallen. «Ich möchte, daß du eine Geschichte schreibst», sagte er übergangslos und in ziemlich bestimmtem Tonfall. Überhaupt wirkte er selbstbewußter, als ich bis dahin angenommen hatte.

«Eine Geschichte?» stammelte ich.

«Ja, eine Geschichte, du hast schließlich schon viele geschrieben.»

«Stimmt, aber wovon soll sie denn handeln?»

«Von mir natürlich. Und – von ihm.»

Der Weihnachtsmann machte den Sack auf, und heraus sprang – ein braunes Wesen mit langen Ohren und so etwas wie einem Rucksack auf den Rücken.

«Nein», stöhnte ich.

«Doch, richtig geraten», quiekte der Neuankömmling und hoppelte ein wenig auf meinem Teppich herum, «ich bin der Osterhase.»

«Also», fuhr der Weihnachtsmann in sehr bestimmtem Ton fort, «du sollst eine Geschichte schreiben, in der der Weihnachtsmann vorkommt, der Osterhase und ihr gemeinsames Problem.»

«Das Problem ist nämlich folgendes», sagte der Osterhase und hüpfte auf mein Klavier. «Wir zwei, der Weihnachtsmann und ich, fühlen uns überarbeitet und ausgenutzt. Für jeden von uns wird die Leistungsschraube von Jahr zu Jahr höher gedreht. Was dieses Jahr Kinder und Erwachsene noch erfreut hat, muß im nächsten unbedingt übertroffen werden.»

«Genau», fuhr der Weihnachtsmann fort. «Ewig ist es her, daß ich Äpfel und Nüsse brachte. Heute müssen es Computer, Fotoausrüstungen und Mopeds sein. Wer weiß, was mir in zehn Jahren blüht.»

«Ich möchte gern einmal sehen, was die Leute wohl sagen würden, wenn ich nur mit buntgemalten, harten Eiern käme», sagte der Osterhase, und seine Stimme klang bitter.

Die zwei machten eine Pause und sahen mich an.

«Ich verstehe immer noch nicht, wie euch eine Geschichte helfen kann», sagte ich, obwohl mir ihr Problem einzuleuchten begann.

Der Weihnachtsmann setzte sich kerzengerade, zupfte seinen Bart zurecht und sah mich mit seinen grauen Augen eindringlich an.

«Die Sache ist sehr einfach. Du schreibst eine Geschichte, in der Weihnachten und Ostern auf einen Tag fallen. Weihnostern oder Osterweihn oder ... ach, nenn es, wie du willst. Und du beschreibst das Ganze so zündend und einfallsreich, daß sich die Menschen plötzlich fragen, warum sie nicht längst selbst auf die Idee gekommen sind.»

«Ja», jubelte der Osterhase und hüpfte vom Klavier herunter. «Eigentlich müßten die Eltern auf der ganzen Welt begeistert sein. Nur noch ein großes Fest mit teuren Geschenken, nur noch einmal die ganze Aufregung und der ganze Streß ...»

«Für uns beide gilt das gleiche erst recht. Ich bin vom letzten Fest noch ganz kaputt», sagte der Weihnachtsmann ernst.

«Aber die ganzen Bräuche», stammelte ich. «Was wird dann aus dem Weihnachtsbaum und den Ostereiern?»

«Ach, die Bräuche legen wir zusammen», sagte der Osterhase. «Warum soll ich nicht meine Eier an seinen Baum hängen? An einen Weihnosterbaum, den ich dann wunderbar verstecke.»

«Es ähnelt sich doch sowieso alles immer mehr», warf der Weihnachtsmann ein. «Inzwischen sind die Osterzweige zu regelrechten Osterbäumen ausgeartet, und die Weihnachtsbäume schrumpfen zwecks Arbeitsersparnis oft zu buntbehangenen Zweigen ...»

«Das, was wir schenken müssen, ist auch schon fast das gleiche», quiekte der Osterhase.

Der Weihnachtsmann strich sich über den Bart und setzte zu einer längeren Rede an:

«Was beispielsweise das Zubehör anbelangt: Mobiles, holzgeschnitzte Figuren, Fensterbilder – alles ähnelt sich von Jahr zu Jahr mehr. Der Gipfel sind diese Schokoladendinger, wo nur das Papier entscheidet, ob sie Osterhase oder Weihnachtsmann sind. Deshalb ist es längst an der Zeit, die Konsequenz zu ziehen.»

«Die Konsequenz heißt», schrie der Osterhase und sprang auf meinen Schreibtisch, «die Konsequenz heißt – jetzt hab ich's, sie heißt: Osternachten und liegt ... hm, am besten so Anfang September. Etwa gleich weit weg von den früheren Terminen.»

Ich hatte Mühe, Worte zu finden: «Darüber soll ich schreiben?»

«Du wirst darüber schreiben», sagte der Weihnachtsmann mit fester Stimme, erhob sich, winkte mir freundlich zu und verschwand mit dem Osterhasen durch einen Lüftungsschlitz am Fenster.

Katharina Waldorf

Weihnachten bei uns zu Hause

Ich erinnere mich noch genau an jenen Heiligen Abend vor fünfzig Jahren. Es war wohl der traurigste, den ich bis zum heutigen Tage verlebt habe.

Wir waren acht Geschwister und lebten seit 1928 mit den Eltern, die damals aus Schlesien ausgewandert waren, in Holland, und zwar in Amsterdam. Meine Mutter besaß eine ganz besondere Gabe, den Heiligen Abend zum feierlichsten und schönsten Tag des Jahres zu gestalten, woran ich noch heute so gerne zurückdenke. Unmittelbar vor dem Fest rührte und knetete meine Mutter Unmengen Teig für die großen Bleche Kuchen, die wir Kinder dann zum Bäcker um die Ecke bringen mußten. In unserem kleinen Ofen hätten diese ohnehin keinen Platz gehabt. Der Bäcker stellte die fertig gebackenen Kuchen immer ins Schaufenster, damit unsere holländischen Nachbarn dieselben neugierig bestaunen konnten. Das taten sie auch, denn so etwas hatten sie noch nie gesehen. Der Weihnachtsbaum wurde schon zwei

Tage vorher geschmückt, und bis zum Heiligen Abend durften wir nicht das Wohnzimmer betreten. Am Heiligen Abend ging es dann bei uns sehr rege zu. Die Mutter kochte fortwährend, und die lukullischen Düfte, die durch das ganze Haus zogen, ließen uns das Wasser im Munde zusammenlaufen. Die Unruhe bei uns Kleineren stieg und erreichte ihren Höhepunkt, als wir uns endlich gestriegelt und geschniegelt um 18 Uhr an den festlich gedeckten Tisch im Eßzimmer setzen durften. Meine Mutter legte nur am Heiligen Abend ein besonders wertvolles weißes Damasttuch auf den Tisch. In der Mitte dieses Tuches war Jesus mit seinen Jüngern beim Abendmahl eingewebt. Das Kruzifix wurde aufgestellt und links und rechts daneben brennende Kerzen. Das Tischgebet wurde laut gesprochen, und nach der Suppe gab es immer Karpfen oder Schleie.

Dann war es endlich soweit, worauf wir doch schon so lange fieberhaft gewartet hatten. Bis zur Bescherung sollte es nun nicht mehr lange dauern. Während wir uns alle in der Diele versammelt hatten, betrat nur meine Mutter das Wohnzimmer, um die letzten Handreichungen zu machen. Bald darauf ertönte ein heller Glockenklang, die Tür öffnete sich, und das Wohnzimmer glich einem Märchen. Überall brannten Kerzen, der Christbaum zeigte sich in voller Pracht, und darunter lagen die Geschenke, die uns das Christkind gebracht hatte. Bevor wir auspacken durften, wurde dreistimmig das Lied «Stille Nacht, heilige Nacht» gesungen. Danach herrschte eine große Freude, und wir bewunderten die schönen Gaben. Indessen sangen die Eltern die schönsten deutschen Weihnachtslieder. Manchmal saßen auch holländische Freunde in unserem Wohnzimmer. Sie hatten sich selbst eingeladen, um einmal eine deutsche Weihnacht miterleben zu dürfen. Sie waren sehr beeindruckt, und einige weinten sogar vor Rührung, denn in Holland kannte man dieses schöne Fest kaum. Dort wurde der Nikolaustag zwei Tage groß gefeiert.

Die Christmesse war immer um 24 Uhr, und unsere Familie ging dann zur Kirche. Meist hatte es da schon gefroren, und dicke Schneeflocken fielen vom Himmel. Nach der Messe beeilten wir uns, wieder in die warme Stube zu kommen, wo es dann noch eine heiße Brühe oder Tee gab. Danach gingen wir selig zu Bett.

So feierten wir jedes Jahr unseren wunderschönen Heiligen Abend, bis der Krieg ausbrach. Im Mai 1940 besetzten die Deutschen Holland, und von da an ging's bergab. Meine vier Brüder wurden eingezogen, auch zwei meiner Schwestern. Die Familie wurde auseinandergerissen. Ein Bruder fiel in Monte Cassino, der Älteste verlor an der Front in Afrika sein Bein. Er wurde ausgetauscht und in ein Lazarett nach Deutschland geflogen. Meine Mutter und meine jüngste Schwester besuchten ihn in Deutschland. Sie kamen nicht mehr nach Holland zurück, denn kurz nach ihrer Abfahrt wurden die Grenzen geschlossen. Von einer zehnköpfigen Familie blieben mein Vater und ich alleine zurück. Weihnachten nahte. Im Lande gab es so gut wie nichts zu kaufen, und elektrisches Licht hatten wir auch nicht. Dann war der Heilige Abend wieder da! An diesem Abend glänzte kein Weihnachtsbaum im Zimmer, es gab keine Geschenke, und jegliche Nachricht von dem Rest der Familie fehlte. Wir wußten nicht einmal, wo sie steckten und ob sie überhaupt noch lebten. Nach einem kläglichen Abendbrot zündete ich im Wohnzimmer zwei Kerzen an. Mein Vater und ich sahen uns an, und wir murmelten ganz leise «Gesegnete Weihnachten», und dann floßen die nicht länger aufzuhaltenden Tränen über unsere Wangen. Eine große Traurigkeit überfiel uns, und wir beide hatten nur den einen bescheidenen Wunsch: Bald wieder mit unseren Lieben vereint zu sein.

Thorsten Peyn

Auch Opas Augen leuchten

Glück haben sie – unsere Freunde.

Das hat man nun davon, wenn alle Diäten nicht fruchten. Die Kollegen geben mir ihren Nachtisch in der Kantine. Wenn der Sommer heiß war, gab es kalorienstarke Weizenbiere. War der Sommer nicht heiß, auch. Dann die Süßigkeiten im Schreibtisch am Arbeitsplatz (heimlich). Nach dem Tanken und Einkaufen die süße Belohnung. Auch das deftige Essen, natürlich um 21 Uhr, beim Türken.

So wächst er, der Bauch. Sehr zum Leidwesen meiner Frau. Aber ich bemühe mich doch. Wirklich. Jedenfalls die Begrüßung von lang nicht gesehenen Freunden: «Na, haste ganz schön zugelegt!» macht meine Frau sensibel. Dann ist wieder Schweinewiegen angesagt, kontrolliertes Wiegen mit anschließendem Gemecker.

Tja, so ist das, mit Anfang Dreißig. Die Haare werden weniger und der Bauch mehr.

Aber Glück haben sie, die Freunde, zu Weihnachten. Denn mit dem Bauch engagieren sie mich als Weihnachtsmann, kostenfrei. Der Weihnachtsmann hat ja auch so einen.

So ist es dann auch. Interessiert fragen die Freunde, was man denn Weihnachten so macht. Welche Verpflichtungen man so hat am Heiligen Abend. Schließlich lassen sie die Katze aus dem Sack. Ob ich nicht für die Kinder Bescherung machen könnte. Es wäre schön, wenn es nach der Kirche sein würde (damit haben sie noch den zeitlichen Rahmen vorgegeben). Schließlich hätte ich ja noch keine Kinder und somit Zeit. Sie würden es auch für mich tun, wenn ich Kinder hätte. Okay, ich mach es. Erst war es eine Familie, dann zwei und schließlich noch die dritte. Also ist eine zeitliche Tourenplanung erforderlich. Das Weihnachtsmannkostüm wurde gleich mitgeliefert. Natürlich mit Bart. Der Bart wurde nur von zwei Weihnachtsmännern vor mir getragen, echt lecker. Also geht es nun in die detaillierte Planung. Ich brauche einen eigenen Bart, Stiefel, weiße Handschuhe, Socken, Armbanduhr und ein Goldenes Buch.

Schließlich war man selbst mal klein; und es war einfach blöd, Onkel Peter an seiner Armbanduhr und an seinen Schuhen zu erkennen. Die Mütter wurden aufgefordert, in ein Goldenes Buch einen Zettel mit Infos über die Kleinen zu kleben. Mit einer Ausnahme in einer Familie – für Opa. Die Großmutter in einer Familie bat mich, mit Opa zu schimpfen. Opa wird sein letztes Weihnachtsfest haben. Opa hat Zwerchfellkrebs, ohne Heilungschancen. Der Arzt gibt ihm noch drei Monate. Opa nimmt schon Morphintabletten gegen die Schmerzen. Oma meint, er ißt nicht mehr und will auch nicht weiterleben. Schließlich soll der Weihnachtsmann mit ihm schimpfen. Er wird es tun.

Es ist soweit – Heiliger Abend.

Die Hektik des Vormittags mit Einkaufen, Baum schmükken, Saubermachen etc. läßt langsam nach. Das Kostüm wird vorbereitet, gebügelt. Die Sachen werden parat gelegt.

Es wird nun noch gebadet (es ist ja Weihnachten), um dann zur Mutter zum Kaffee zu fahren – Familientreffen. Für mich ist dieses ein besonderes Weihnachten. In der Adventszeit hat sich für meine Frau und mich ein besonderes Glück angekündigt – das erste Baby. Wir sind nun in der neunten Woche schwanger, endgültiger Termin: 17. Juli. Ein ganz besonderes Geschenk, das unser Leben verändern wird, bestimmt. Schön.

Bei der ersten Familie, die ich als Weihnachtsmann besuchen werde, Pascal ist vier, ist die Mutti auch in freudiger Erwartung. Es soll am zweiten Weihnachtsfeiertag geboren werden. Wenn es ein Junge wird, heißt er Noël Leon – wie treffend. Hoffentlich wird es ein Mädchen.

Nach dem Kaffeetrinken bei Mutter geht's nun hektisch los. Das Weihnachtskostüm wird angezogen und ab zum Auto.

Erster Termin 17.30 Uhr Pascal, 18 Uhr Julia und 18.30 Uhr zwei Familien mit vier Kindern und Opa. Es ist ein sehr kalter Tag. Es ist eine weiße Weihnacht 1996. Wir haben Dauerfrost. In meinem Kostüm kratze ich mein Auto frei, und los geht es. Nachdem ich die erste Straßenecke erreicht habe, muß ich anhalten, denn die Scheiben sind vereist. Ich steige aus, um nachzukratzen. Auf der anderen Straßenseite sind fünf türkische Jugendliche, die anfangen, deutsche Weihnachtslieder zu singen. Mann, komm ich mir blöd vor.

Weiter geht es. Ich fahre durch die Stadt. Die ersten Gottesdienste gehen zu Ende. An den Fußgängerampeln stehen Kinder mit ihren Eltern. Die Kinder zeigen mit dem Finger auf den Weihnachtsmann, der in einem Golf durch die Stadt fährt. Ich winke, peinlich.

Am ersten Ort des Geschehens angekommen, trete ich mit stampfenden Stiefeln im Treppenhaus auf. Ein kräftiges «Hoh, hoh, hoh» dringt durch den Flur. Vati hat alles vorbereitet. Die Geschenke liegen alle parat vor der Tür, obenauf das Goldene Buch. Es sind Berge von Geschenken. Der Weihnachtsmann klingelt. Ein kleiner Mann macht die Tür auf, schaut und läuft aufgeregt zur Mami. Pascal wartet lieber im Wohnzimmer auf den Weihnachtsmann. Der Weihnachtsmann schleppt schwitzend alle Geschenke ins Wohnzimmer, wo alle auf ihn warten, die schwangere Mami, Vati, Oma, Opa und Pascal.

Nachdem der Weihnachtsmann Berge von Geschenken im Wohnzimmer «aufgebahrt» hat, liest er aus dem Goldenen Buch vor. Pascal macht noch ins Bett, soll er nicht mehr. Er soll besser hören, wenn Mami etwas sagt. Bescherung. Nach dem dritten Paket ist Pascal überfordert. Er will nicht mehr auspacken. Der Weihnachtsmann ist mittlerweile ein guter Kumpel. Schließlich kann dieser schon ein Gläschen Sekt trinken, indem er vorsichtig seinen Bart lüftet.

Doch dann kommt die Frage, auf die der Weihnachtsmann einfach nicht vorbereitet war. Pascal guckte unmittelbar vor der Bescherung den Film «Santa Claus» auf Video. Er fragte mich, ob ich mit meinem Rentierschlitten hier wäre. Natürlich sagte ich ja. Wie denn die Tiere heißen würden.

Geplatzt. Ich sagte Komet, Hinz und Kunz – peinlich. Er kaufte mir die Namen ab, wollte sie dann nur noch sehen. Ich sagte, sie seien um die Ecke in der anderen Straße.

Schließlich wünschte ich seiner Mutter noch eine schöne Geburt, Mann, hatte die eine Murmel, und verschwand zu Julia.

Bei Julia ging alles glatt. Nach Julia war ich bei der Familie mit Opa. Die Kinder wurden beschert. Nun mußte ich mit Opa schimpfen. Er hatte stark abgenommen. Sein Sonntagsanzug flatterte etwas am Körper. Er sah aber ganz gut aus. Der Rotwein machte ihm rote Wangen, und mit leuchtenden Augen stand er vor mir. Wie ein kleiner Junge. Ich sagte ihm, er soll geduldiger sein mit Oma, sich nicht so hängenlassen, mehr essen und auch mal wieder frische Luft schnappen. Er senkte den Kopf und versprach es dem Weihnachtsmann.

Als Weihnachtsmann fuhr ich nun nach Hause, um den restlichen Abend im Kreise meiner Familie zu verbringen. Ein Glücksgefühl war in meiner Brust. Ich war so glücklich über so viele Kinderaugen, die leuchteten, und auch über Opa, der mir ein positives Weihnachtsgefühl gab. Ich werde dieses Weihnachten lange nicht vergessen.

Am Weihnachtsmorgen bekam dann Pascal eine gesunde Schwester – Charlène. Gott sei Dank war es kein Junge (Noël Leon).

Am nächsten Weihnachten werde ich vielleicht ein gesundes Baby haben, hoffentlich.

Und hoffentlich hat es Opa dann auch geschafft, bald, ohne große Schmerzen.

Gabriele Kohlmeier

Im Weihnachtswald!

Wenn sich eine Tanzgruppe zur Weihnachtsfeier trifft, so darf nach gutem Essen die Bewegung nicht fehlen ...

So wurde auch der Anregung einer einzelnen Dame nach einem Verdauungsspaziergang stattgegeben. Es war Anfang Dezember, abends, der erste Frost, klirrende Kälte, der Duft von Schnee lag in der Luft.

In dicke Mäntel, Schals und Mützen gehüllt, auch die Handschuhe fehlten nicht, spazierten wir los. Bereits nach wenigen Minuten stießen wir auf einen Wegweiser unter einer Laterne mit der Aufschrift: Rechtsherum weitergehen, direkt in den Weihnachtswald, dabei nach weiteren Anweisungen Ausschau halten. Aha, die einzelne Dame hatte vorgeplant, aus dem Verdauungsspaziergang sollte eine kleine Nachtwanderung werden, und als wäre es Zufall, hatte sie auch eine große Taschenlampe dabei. Schon fiel das Taschenlampenlicht auf einen am Wege stehenden Hydranten, an dem ein Zettel angebracht war. Darauf stand zu lesen: Alle männlichen Mitglieder der Tanzgruppe bitte ein Weihnachtslied singen. Diese Aufgabe wurde nach anfänglichem Zögern auch erfüllt, doch gute Tänzer sind nicht immer gute Sänger ... Lachend zogen wir, tatsächlich in Richtung Wald, weiter. Bald war wieder ein Zettel in Sicht. Die geforderte Aufgabe lautete: Polka tanzen. Fast wie erwartet, hatte auch jemand einen tragbaren Kassettenrecorder dabei, und da wir uns bereits am weniger bewohnten Dorfrand befanden, war es, ohne Aufsehen zu erregen, möglich, zu lauter Musik mitten auf der kaum befahrenen Straße zu tanzen. Nun fror wenigstens keiner mehr, und wir setzten unseren Gang durch die Nacht fort. Wir ließen die letzten Häuser hinter uns, keine Straßenlaterne leuchtete mehr weit und breit, in völliger Dunkelheit führte uns der Weg unmißverständlich direkt in den Wald. Der Wind wurde kälter und zwang uns, die Schals fester zu binden und weniger zu reden. So war jeder Schritt hörbar. Eine ganze Weile gingen wir so, bis wir einen weiteren Zettel, an einem Stapel Holz befestigt, erspähten. Nun sollte ein gemeinsames Weihnachtslied gesungen werden. Schnell einigten wir uns auf «O du fröhliche» und schmetterten drauflos in die Kälte. Erfreut stellten wir fest, daß uns mit vereinten Kräften auch der Text von Strophe zwei und drei einfiel. Nicht schlecht! Mit dem Singen geendet, vernahmen wir aus der Ferne des Waldes ein leises Glockengeläut. Wir schauten in Richtung Wald und konnten zwischen den dichten Bäumen einzelne Lichter aufblitzen sehen. Das schien hier wirklich der Weihnachtswald zu sein. In Richtung der Lichter setzten wir unseren Weg fort. Kurze Zeit später gelangten wir an einen Rastplatz mit Tischen und Bänken aus Holz, an dem wir anhielten.

Da erklang das Glockengeläut erneut, und direkt vor uns kamen der Weihnachtsmann und das Christkind aus dem dunklen Wald zwischen den dicken Bäumen auf uns zu. Wir sahen uns etwas verdutzt an, damit hätte nun doch keiner gerechnet. Der Weihnachtsmann hatte einen Aktenordner dabei, aus dem er begann ein Gedicht vorzulesen. Das Gedicht handelte pro Strophe von jeweils einem der acht Tanzpaare. Da hatte jemand wirklich ganze Arbeit geleistet. Das Christkind überreichte jedem eine kleine Überraschung. Im Anschluß daran luden uns die inzwischen, was bei der tollen Verkleidung gar nicht so leicht war, Identifizierten zu heißem Glühwein ein, der schon für uns am Rastplatz bereitgestellt war. Dieser Platz lag in einer Lichtung. Von hier aus ist das ganze Dorf zu überblicken. Es strahlte wunderschön in vorweihnachtlichem Glanz, und die kalte Nacht bot einen sehr beeindruckenden Sternenhimmel.

Es ist wohltuend und bedarf keines allzu großen Aufwands, in die sonst meist hektische und durch «Konsumterror» zerstörte Adventszeit ein bißchen Romantik zu bringen.

Gabriela Hammer

Wir hatten dir einen Rosengarten versprochen

Kurz vor Weihnachten verstarb einundfünfzigjährig ein sehr guter Freund von uns. Sein plötzlicher Tod, hervorgerufen durch einen Herzinfarkt, traf uns alle tief.

Da sich mein Mann beruflich in Kanada aufhielt, mußte ich alleine die Reise von Würzburg nach Innsbruck mit dem Zug antreten.

In Innsbruck angekommen, wurde ich von einer Bekannten am Bahnhof abgeholt, und wir fuhren mit dem Auto weiter nach Zirl, wo am selben Abend noch ein Rosenkranz in der Aussegnungshalle abgehalten wurde. Auch meine Bekannte und ich nahmen an diesem Rosenkranzbeten teil. Die Aussegnungshalle war mit vielen Kränzen ausgeschmückt, so daß der Sarg fast in einem Meer von Rosenbuketts unterging.

Tränen stiegen bei mir hoch, denn Rosen hatten für uns eine besondere Bedeutung. Wir waren erst im Sommer zusammen im Urlaub in England gewesen und hatten viele Rosengärten bewundert und bestaunt.

Nach unserem wunderschönen Urlaub nahmen wir uns fest vor, im kommenden Jahr wieder miteinander nach England zu reisen und noch ein paar der schönen Gärten zu besichtigen.

Jetzt hatte Andreas, unser Freund, einen Rosengarten, früher als gedacht und geplant, bekommen.

Am darauffolgenden Tag fand die Beerdigung statt. Ich mußte viel Energie und Kraft aufbringen, um diese schlimmen Stunden zu überstehen. Ich war von einer tiefen Traurigkeit erfüllt und wußte nicht so recht, wie ich damit fertig werden sollte.

Am nächsten Tag hatte ich mir vorgenommen, ein paar Geschenke für Weihnachten einzukaufen. Mehr oder weniger lustlos und ohne Ziel schlenderte ich durch die Altstadt von Innsbruck. Vor dem Goldenen Dacherl von Innsbruck war ein Weihnachtsmarkt aufgebaut. Im Erker vom Goldenen Dacherl spielten Tiroler Musikanten bekannte Weihnachtslieder auf. Aber all das konnte mir keine so richtige Weihnachtsstimmung bringen. Auf einmal fiel mir ein, daß nur ein paar Meter weiter entfernt der St.-Jakobs-Dom steht. Ohne Umschweife lief ich schnurstracks auf den Dom zu. Vorsichtig und leise öffnete ich die Tür, es war nur eine Frau zu sehen, die offensichtlich den Fußboden aufwischte. Ich ging ein Stück weiter vor und ließ mich in einer Kirchenbank nieder. Auf einmal tauchte ein kleines Mädchen im Alter von etwa vier bis fünf Jahren neben mir auf, die wohl zu der putzenden Frau gehörte. Sie setzte sich unbefangen neben mich und flüsterte mir leise in ihrem tirolerischen Dialekt zu: «Was machst du denn da?» Ich drehte mich zur Seite und antwortete: «Nachdenken.» – «Warum?» fragte die Kleine wieder.

«Weißt du», antwortete ich, «ich bin traurig, weil ein Freund von uns gestorben ist.»

«Was ist gestorben?» wiederholte das Mädchen. Ich seufzte, weil ich eigentlich nicht genau wußte, wie ich ihr das erklären konnte. «Nun», sagte ich, «ein Freund von uns ist jetzt in den Himmel gekommen.» – «Aha», antwortete die Kleine zögernd und setzte weiter fort: «Dann ist ja dein Freund jetzt beim Jesuskind!» – «Ich denke schon», sagte ich. «Ja, aber weißt du, wenn dein Freund im Himmel beim Jesuskind ist, dann kann er doch mit ihm Geburtstag feiern! Es ist doch bald Weihnachten, und dann gibt es eine große Geburtstagsfeier, und alle sind fröhlich, und dein Freund ist auch nicht allein!»

Diese einfache Logik des Kindes verblüffte mich. Hatte sie nicht recht?

Unser Freund liebte Geselligkeit und war ein fröhlicher Mensch gewesen. Der Gedanke, daß er nicht allein sein wird, tröstete mich, und ich ging aus dem Dom mit ein bißchen weniger Traurigkeit.

Silvia Gödecke-Ohm

Denn die Freude, die wir geben ...

Vorweihnachtszeit 1995.

Mein Mann war durch einen kleinen Arbeitsunfall seit zwei Monaten krankgeschrieben, ich seit einem Jahr arbeitslos. Wir hatten also nicht viel Geld, um die Weihnachtswünsche unserer beiden drei- und fünfjährigen Söhne zu erfüllen. Ach, und wie lang war wieder die Liste! Einiges konnten wir durch behutsame Gespräche streichen, aber es war doch noch soviel ersehnt.

Wir machten uns viele Gedanken, welches wohl *der* Wunsch sei, denn unsere Kinder sollten sich ja freuen. Bei Christopher, unserem Älteren, konnten wir nur hoffen. Seine Wünsche wechselten häufig.

Philipp, unser Kleiner, blätterte oft in einem Spielzeugprospekt, zeigte auf eine Kinderküche und einen Kaufmannsladen, der mit allem bestückt war, was das Herz begehrte, und erklärte immer wieder: «Das will ich!» Dabei blieb er auch. Guter Rat war nun teuer, denn beides sprengte unseren Etat.

Schließlich fiel meinem Mann ein, daß auf dem Boden ja noch der alte Laden seines Bruders sein müsse. Wir fanden ihn, riefen den Bruder an, und der war sofort einverstanden. Der alte Laden wurde also heimlich vom Speicher geholt, gesäubert, ausgebessert und neu bestückt, wenn auch nicht so üppig wie im Prospekt.

Weil wir so etliches gespart hatten, kauften wir noch einen

kleinen Einkaufswagen. Philipp hatte immer seine Kusine beneidet, die einen Puppenwagen durch die Gegend fahren durfte.

Der Heilige Abend war da. Der Kirchgang sehr anstrengend, weil Philipp nicht stillsitzen wollte. Sein Vater ging schließlich mit ihm hinaus, Philipp war böse, und ich dachte angespannt: «Das kann ja eine schöne Bescherung werden!» Und das wurde sie – unvergeßlich. Christopher war glücklich mit neuem Lego, aber Philipp stand geradezu andächtig vor seinem Kaufmannsladen.

Nach einer Weile fragte ich ihn, was er denn nun zu seinem Geburtstag (am 6. Januar) haben möchte. Philipp sah uns verständnislos an und erklärte ganz ernst: «Na, nix, ich habe doch gerade meinen schönen Kaufmannsladen bekommen. Jetzt wünsche ich mir nichts mehr!» Wir Eltern sahen uns an und waren – selig!

Wenn Ihnen, liebe Leserinnen und Leser, die Geschichten rund um die Weihnachtszeit Freude gemacht haben und Ihnen eigene Erlebnisse einfallen, die Sie weitererzählen möchten, so schicken Sie Ihre Geschichte (möglichst nicht mehr als 5 bis 6 Seiten mit 30 Zeilen à 60 Anschläge) bitte an:

Ursula Richter, Postfach 60 55 64, 22250 Hamburg*

Fröhliche Weihnachten und viel Spaß beim Schreiben wünscht Ihnen Ihre

Ursula Richter

* Wir freuen uns über eingesandte Manuskripte, können jedoch weder für sie haften noch in jedem Falle Korrespondenz führen. Eine Rücksendung erfolgt nur auf ausdrücklichen Wunsch und wenn ihnen ein ausreichend frankierter Rückumschlag beigefügt ist. Andernfalls sammelt Frau Richter die Manuskripte für eine evtl. spätere Veröffentlichung, die allerdings nicht garantiert werden kann.

Inhalt

Weihnachtsgeschichten

Das Weihnachtsfest hat für den einzelnen und für jede Familie eine eigene Bedeutung und Geschichte, geprägt durch Erinnerungen und Traditionen, die von Generation zu Generation weitergegeben werden. Die Geschichten der vorliegenden Bände laden ein zum Lesen und Vorlesen und regen dazu an, eigene Geschichten zu erzählen.
Die ehemalige NDR-Redakteurin **Ursula Richter** gibt die «Weihnachtsgeschichten am Kamin» seit über zehn Jahren bei rororo heraus, deren Gesamtauflage bei über einer Million Exemplaren liegt.

Weihnachtsgeschichten am Kamin
Band 1 (rororo 15985)
Band 2 (rororo 12167)
Band 3 (rororo 12393)
Band 4 (rororo 12717)
Band 5 (rororo 12861)
Band 6 (rororo 13021)
Band 7 (rororo 13262)
Band 8 (rororo 13427)
Band 9 (rororo 13541)
Band 10 (rororo 13697)
Band 11 (rororo 13976)
Band 12 (rororo 22266)
Band 13 (rororo 22417)

Gespenstische Weihnachtsgeschichten am Kamin
Gesammelt von Vera Pagin und Ursula Richter
(rororo 22437)
Was wäre, wenn am Heiligen Abend nicht das Christkind käme, sondern ein Gespenst? Der vorliegende Band enhält lauter schaurigschöne weihnachtliche Spukgeschichten.

rororo Unterhaltung

Die schönsten Weihnachtsgeschichten am Kamin *Eine Auswahl der schönsten Geschichten aus Band 1 - 12*
(rororo 22436)

Ursula Richter / Dorothee von Tiedemann (Hg.)
Weihnachtsgeschichten am Kamin erzählt von Prominenten
256 Seiten. Gebunden. Wunderlich
Ein Buch, das unbedingt unter den Tannenbaum gehört. Mit Geschichten von Dagmar Berghoff, Gert Haucke, Alida Gundlach, Monika Peitsch und vielen mehr.
Vom Erlös eines jeden verkauften Exemplars gehen zwei Mark an das Kinderhilfswerk Plan International.

3680/1